ŒUVRES

DU SEIGNEUR

DE BRANTOME.

TOME QUATORZIEME.

Contenant LES OPUSCULES.

ŒUVRES

DU SEIGNEUR

DE BRANTOME.

Nouvelle Édition , considérablement augmentée , revue , accompagnée de Remarques historiques & critiques , & distribuée dans un meilleur ordre.

TOME QUATORZIEME.

A LONDRES,

AUX DÉPENS DU LIBRAIRE.

M. DCC. LXXIX.

OPUSCULES
DIVERS
DU SEIGNEUR
DE BRANTOME.

PREMIER OPUSCULE.

ARGUMENTS

De ce que contiennent les dix Livres de
LUCAIN.

I. LE premier contient & récite la cause de la guerre entre Pompée & César; comme il passe le Rubicon, & prend Reminy; comme le Sénat s'estonne, & s'enfuit, ayant entendu l'arrivée de César à Rome.

Tome XIV.   A

II. Le second contient comme César affiege Pompée dans la Ville de Brundufie, & luy donne la chaffe, & le met en fuitte.

III. Le troifiefme exalte & loue aucuns grands Capitaines des armées ; conte auffi comme César met la main fur le thréfor public, & s'en fait accroyre à bon efcient ; & comme il affiege Marfeille.

IV. Le quatriefme raconte commé il combat Affranius & Petreius, deux Capitaines Pompeïans, & les met en fuitte, puis les contraint à telle faim & telle foif, qu'ils fe rendent à luy.

V. Le cinquiefme repréfente Pompée gouvernant Rome ; Appius craignant pour luy-mefme ; la fédition punie ; César abandonnant la Ville ; & fes plaintes contre Marc-Antoine.

VI. Le fixiefme conte comme Pompée eft affiégé dans fon camp, près d'Epidaure ; de grandes & longues tranchées que fit faire César ; & là introduit auffi Cneus Pompeius, fils du grand Pompée, aller à une Devinereffe Theffalicque, pour invocquer quelques ombres & manes, rentrans dans les corps humains, pour fçavoir quelle fin cefte guerre prendoit.

VII. Le feptiefme raconte & contient la derniere fin & totale cataftrophe du pauvre Pompée par la battaille de Pharfalle, & fa fuitte en Egypte.

VIII. Le huitiefme raconte la mort de Pompée en Egypte, & la trahyfon qu'on luy ufa, & en déplore la façon de mort fi miférable.

IX. Le neufviefme raconte comme Caton, ayant recueilly les pauvres Bandes reftées de l'armée deffaicte, s'enfuit, & fe retire en Lybie, dont il defcrit les divers genres de ferpents qu'il y trouva, & les remedes contre leurs morfures & venins.

X. Le dixiefme déclare l'arrivée de Céfar en Egypte, fon entreveuë & de la Reyne Cléopatre; le fuperbe feftin qu'elle luy fait, fes pompes & magnificences. Récite auffi les myfteres de la Religion des Egyptiens, leurs façons, & la fource du Nil, fon desbordement, & fon refferrement dans fon lict. Raconte auffi les menées de Photinus contre la vie de Céfar, & comme il fe fauva à grand hazard & merveille.

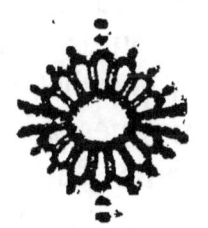

SECOND OPUSCULE.

Commencement du premier Livre de Lu-
cain, Poëte Latin, & Chevalier Ro-
main, que j'avois commencé ; mais je
l'ay laiſſé imparfait.

Nous chantons icy les armes & les guerres plus que civiles, qui furent faites ès champs
Emathiens de Pharſalle, enſemble une cauſe
& un droit donné & abandonné à tout vice
& meſchanceté, un peuple auſſi très-puiſſant,
qui a tourné ſa dextre victorieuſe contre ſes
propres entrailles. Nous chantons pareille-
ment les trouppes entre elles apparentées &
très-alliées, bandées à outrance les unes contre les autres, & contre le malheur de tout
un Public, & de tout l'univers, enſeignes
contre enſeignes toutes ſemblables, aigles
contre aigles tous pareils, & meſmes armes
& dards contre meſmes armes & dards, ſe
menaçans & ſe tuans les uns les autres !
Mais dites, Citoyens, quelle rage vous à
eſmeus d'avoir mis les armes en main de l'eſ-
tranger & du barbare, pour eſpandre le ſang
Romain, qui d'ailleurs l'aymoit aſſez ſans
l'y attirer davantage ; & meſmes aſtheure

(1) qu'il falloit oſter & ravir à la ſuperbe Ba-
bylonne les deſpouilles & les enſeignes dont
elle triomphe, & que l'ombre vagabonde de
Craſſus ſoit ſans ſépulture & vengeance? Il
vous a pleu maintenant faire la guerre, qui
ne vous rapportera pas de grands triomphes
ny trophées : & combien pouviez-vous par
vos mains & vos eſpées civiles, (qui ont
tant eſpandu & tiré de ſang) conquérir de
terres & de mers, fuſt aux régions d'où vient
le ſoleil, fuſt en celles ou la nuict cache ſes
eſtoilles?

---

(1) à cette heure.

TROISIESME OPUSCULE.

ÉPISTRE dédicatoire à MARGUERITE DE VALOIS, Reyne de France & de Navarre, sur les Harangues suivantes.

MADAME,

Derniérement, que je vous estois allé faire la révérence à Usson, j'eus cest honneur d'entrer dans vostre salle, & vous voir manger tous les jours, où je notay une chose très-louable; que je ne vous ay jamais veu faire repas, que, devant vostre table, vous n'eussiez de fort honnestes gens & sçavants, lesquels vous mettiez tousjours sur quelques beaux discours, disputes, & propos non communs; si que je n'ay jamais veu les tables des Roys vos freres mieux remplies & garnies de ces beaux mets, que la vostre : & ce qui estoit le plus beau, & plus à priser, c'est que vous présidiez par dessus, & en disiez vostre advis, & donniez vostre sentence, par de si beaux & briefs mots, que j'entray en admiration de vous, de vostre sçavoir & beau dire, plus que je ne fis jamais.

Or, un jour, entre autres discours que
l'on se mit à parler de Jules César, de ses
louanges & de ses beaux faicts, vous en
prinstes la parole, & l'allastes exalter par
de si gentils & briefs mots, qu'ils pesoient,
& portoient plus de coup, que cent longs
discours que d'autres en eussent sceu faire.
Entre autres, en desapprouvant & taxant
fort les meurtriers qui l'avoient mis à mort,
fut cestuy-cy, & le dernier. Car, distes-vous,
la plus belle gloire qu'eurent jamais les Romains, César la leur avoit acquise, & César
estoit digne plus que de Rome. *Voilà vos
propres mots, & très-beaux certes. Sur lesquelles louanges, je me mis à traduire en
prose Françoise la harangue que ce grand
Capitaine fit le jour avant la battaille de
Pharsalle, ensemble de Pompée, que ce grand
Poëte Latin, & Gentil-Chevalier Romain
de son temps, Lucain, a faite dans le sep-
tiesme de son Livre.*

Je ne sçay, Madame, si vous les avez
jamais veues; mais à tout hazard, je vous
les desdie, & croy que vous en admirerez les
paroles & l'asseurance de laquelle César les
proféra, qui sentoit bien certainement son
homme brave & courageux, & nullement
saisy de peur; si qu'elle donne lustre à celle
de Pompée, qu'on diroit qu'elle sent son homme timide, qui s'advance à sa ruyne & la
présage; mais pourtant, il fait de l'asseu-

ré , & monſtre bonne mine , ainſi que l'on
a veu, & voit on pluſieurs Capitaines , &
grands , & petits , & autres , avant aller
aux combats , en telles alteres , contrefaire
des braves , & tenir belle contenance.

Voilà, pour ce coup , en cecy, la différence de Céſar & Pompée. Auſſi l'un demeura victorieux, & l'autre vaincu, ainſi
que la fortune ayde aux braves & courageux ; ſans que je veuille pourtant toucher
l'honneur de Pompée, ny à ſes beaux exploicts qu'il a faits en ſa vie : mais auſſi il
faut penſer & conſidérer les ennemis avec
leſquels il avoit eu affaire d'autres fois ;
& Céſar, & ſes vaillants ſoldats, à ceſte
heure-là, & ſa derniere.

Or , Madame, en liſant ce Lucain &
meſme ces harangues, qui me ſemblent très-
belles, je me ſuis eſtonné cent fois, que tant
de nos ſçavants Poëtes François, qui ont
tant fait des galants, ne ſe ſont meſlez de
le traduire & tourner en François, auſſi-
bien qu'ils ont fait Virgile, & autres Au-
theurs. Je n'en puis excogiter une ſeule raiſon, ſi-non qu'ils l'ont trouvé un peu difficile ; ou bien qu'ils l'ont tenté, & trouvant
le fardeau trop peſant, l'ont auſſi-toſt laiſſé
& jetté en terre : dont c'eſt dommage ; car
les Livres en ſont très-beaux, & les ay veus
eſtimer à de ſçavants perſonnages, plus que
ceux-là de Virgile.

Mais ce n'est pas tout ; voicy le meilleur :
car ainsi qu'il se trouve par escrit, le-dict
Lucain n'en put faire & parfaire que quatre ou cinq Livres, d'autant que la mort
le prévint, & luy empescha l'achevement :
mais sa femme, Gentille-Dame Romaine,
belle, honneste, vertueuse, fort sçavante, le
survivant, suivit ses erres & ses beaux
desseins, après en avoir veu ses Mémoires,
& sceu ses conceptions, mit la main à la
plume, & en paracheva l'œuvre tout entier.
Grande gloire certes, & digne mémoire
d'une si honneste Dame ; & ces Livres pa-
rachevez d'elle fort à priser, ensemble ces
deux harangues ! Si que, généreuse qu'elle
estoit, elle monstroit bien qu'elle aymoit son
semblable César généreux.

Sur ce, Madame, j'ay souvent fait un
souhait de pouvoir traduire ces Livres de
Lucain en langue Françoise : j'entends en
prose, ainsi qu'a fait Vigenaire sa Dessi-
vrance de Hierusalem : car autrement, je
ne sçaurois, ny ne seroient aussi si beaux,
& comme j'ay fait ces deux harangues, &
en penserois venir à bout, & à mon grand
honneur, si je pouvois emprunter de vous,
pour quelque temps, vostre divin esprit,
& vostre beau parler, avec l'ayde de quel-
cun qui fust meilleur Latin que moy ; car
il y a des passages très-difficiles. Je ne les
desdierois à autre qu'à Vous, Madame ; afin

qu'il fuſt dit : Un Gentil-Cavallier Romain, & une belle & honneſte Gentille-Dame Romaine, ſa femme, les ont faits en Latin, & un Gentil-Homme François les a traduicts en ſa langue, pour les deſdier à une Reyne, la merveille du monde.

Or, toutes mes forces n'eſtant aſſez baſtantes pour attenter ſi haute entrepriſe, je me contenteray de l'avoir deſirée. Ainſi que je deſire, Madame, vous faire paroiſtre par mon très-humble ſervice, que je ſuis à perpétuité,

Votre très-humble & très-obéiſ-
fant, & très-affectionné
Serviteur & Subjet,

BOURDEILLE.

QUATRIESME OPUSCULE.

AVERTISSEMENT.

*HARANGUE militaire & soldatesque de
César, qu'il fit à ses gens, le jour
avant la Battaille de Pharsale.*

J'AY *traduict les deux Harangues suivantes tellement quellement, & au plus près,
selon mon humeur, du VII*e*. Livre de Lucain, ce grand Poëte Latin ; ou pour mieux
dire, représentée & descrite par la femme
du-dict Lucain : car il se trouve qu'il mourut après avoir fait & parfait seulement
cinq ou six Livres de tout son œuvre, &
que son honneste femme, le survivant, &
suivant les erres & les beaux desseins de
son mary, qu'elle en avoit compris & veu
ses Mémoires, paracheva tout l'œuvre entier. Grande gloire certes, & digne mémoire de cesté honneste Dame, & d'autant
les-dictes Harangues plus à priser !*

HARANGUE DE CÉSAR.

FORME D'ARGUMENT.

APRÈS que César eu fenty quelques rencontres dernieres entre luy & Pompée, & reconnu qu'une ruyne panchoit, & eftoit prefte à tomber fur un desdeux, il y fongea, & quafi cefte rage animée à la battaille s'attiédit un peu en luy, & fon courage, hardy à fe promettre des heureux événements, s'arrefta quelque peu auffi en doute ; bien que fes deftinées ne luy promiffent d'appréhender rien de mal pour luy, ny efpérer rien de bon pour Pompée. Ayant enfin plongé fa crainte, il fe réfout au combat, & d'une belle difpofition & affeurance, harangue ainfi fes gens :

SOLDATS, qui jufques icy eftes foubs moy Dompteurs du monde, de la fortune, & de mes affaires, voicy venue l'heure que nos fouhaits font parfaits, & venue l'occafion de donner la battaille que nous avons tant defirée, & demandée. Il n'eft meshuy befoing de rien plus fouhaiter. Il ne faut qu'advancer la mort à nos ennemis avec vos armes, fans rien temporifer. Vous fçavez qui

est César, & quelle est sa proüesse. C’est
aujourd’huy le jour mesme, dont bien m’en
souviens, que vous me promistes sur le ri-
vage du Rubicon, que ne permettriez, qu’à
vous, ny à moy, on nous ostast les triomphes qui nous estoient, par nos valeurs, peines & travaux, justement deubs. C’est le mesme jour aujourd’hûy, qui nous rendra nos
Dieux, nos femmes, nos enfants, nos famil-
les, nos biens, & les ames de nos amis; &
vous rendra manants, habitants & coneitoyens
de nostre Ville, & deformais francs de toute
guerre, & de tout mal. C’est le mesme jour
encore, qui, avec le destin, sera tesmoing,
& prouvera lequel aura pris plus justement
les armes. Celuy qui sera vaincu en ceste
journée, aura le tort, & faira connoistre si
vous avez couru sus à votre patrie à feu &
à sang par juste cause.

Soyez, je vous prie, furieux & terribles
au combat, & deslivrez vos armes & espées
de toute coulpe & reproche. Il ne va rien
en cecy du mien, ny de mon interest. Je
suis prest de vivre sans aucune charge, authorité, ny magistrature deformais, & vivre
en privé & Plébéyen ; mais que vous autres
demeuriez libres & francs, & qu’ayez pouvoir sur toutes nations de l’Empire, & que
tout vous soit permis & licite, comme vous
l’avez bien mérité.

Je m’asseure que vous n’achepterez pas à

grands fraix de fang l'efpérance du monde.
Il fe rencontrera devant vous une certaine
jeuneffe de Grece, qui ne fçait que c'eft de
guerre, ny porter armes, ny aucun ordre de
battaille, avec une confufion de langages d'un
divers amas d'Eftrangers, que c'eft pitié, &
aufquels leur femble que leurs crys & hur-
lements foient dangers. Tant s'en faut que,
lorfque les trompettes fonnent, & les trouppes s'esbranflent, pour aller au combat, trem-
blent de peur, & fongent à la fuitte. Peu de
gens combattront contre vous autres, & de-
mefleront cefte guerre civile.

Meflez-vous hardyment parmy ces peuples & Royaumes fi lafches : & d'abord abat-
tez tout le monde ; & qu'on fçache que Pompée, qui a mené ces nations par Róme avec
tant d'attellage, n'en a dignement mérité un
feul petit triomphe. Et cuydez-vous bien,
qu'un Armenien, ou un autre Barbare, fe
foucye qui foit Capitaine ou Général de l'armée Romaine, & qui vouluft, d'une feule
goutte de fon fang, rachepter Pompée, ny
l'Eftat Romain ? Ils hayffent trop les Romains,
& tous ceux qui les veulent dominer.

La fortune m'a mieux favorifé ; car elle
m'a mis entre les mains des miens & de mes
amis, certains & affeurez ; la valeur defquels
j'ay connue & expérimentée en mille hazards
& autant de rencontres, en la Gaule. Il n'y
a foldat parmy vous, duquel je ne connoiffe

l'eſpée, ny le dard, quand il le met au vent :
& ſi ne faudray de gueres à connoiſtre de
quelle main, & de quel bras le coup aura
eſté porté.

Je prends pied aux ſignes, qui jamais n'ont
failly, ny faillent à voſtre Général. Si je
regarde ſeulement vos viſages & vos yeux
tous pleins de menaces, les ennemis ſont à
vous, & me ſemble d'en voir des rivieres de
ſang, & enſemble pluſieurs Roys, & le corps
du Sénat foulez aux pieds, & eſtendus par
terre, & les autres nageans & flottans à
grands monceaux dans leur ſang eſpandu de
toutes parts.

Mais je retarde trop mon heure & mes
deſtinées : & fais mal, ſoubs mes diſcours
& entretiens, de vous arreſter & retenir tous
courants au combat.

Pardonnez-moy pourtant, Soldats, ſi je ne
vous y mene, bien que jamais je ne ſenty
les Dieux qui me promiſſent plus grande
choſe. Nous ne ſommes plus gueres eſloi-
gnez d'un grand intervalle de chemin, ny
de campagne, pour en venir-là. Je me ſens
celuy qui, à la fin de Mars, eſpere avoir
liberté & pouvoir de donner ce que les peuples & les Roys ont en leurs mains & puiſſance.

O Dieux ! par quelle influence & mouve-
ment du ciel & des aſtres permettez-vous
tant aux Terres Theſſalicques ? Nous acquer-

rons aujourd'huy le loyer de la guerre, ou la peine. Jettez un peu les yeux fur les gefnes de Céfar, regardez fes chaifnes, & cefte tefte attachée fur le plus haut des Roftres, & fes membres defmembrez. S'il nous bafte mal, nous avons la guerre civile avec un Capitaine cruel, partifan de Sylla, cruel auffi bien que luy. Je m'afflige fort pour vous autres. Car pour moy, mon fort acquis par ma main, m'eft tout affeuré, & mourray avant que demander la vie.

Dieux! qui pour tout cet univers, & pour la grande Cité de Rome, par grande compaffion, avez quitté le Ciel, celuy qui ne cuyde qu'il ne foit très-néceffaire de tirer fon efpée contre fes adverfaires, qu'il foit vaincu, & demeure tel au champ de battaille.

Lorfque Pompée a tenu vos Bandes à deftroit, defquelles la vertu eftoit empefchée à fe remuer, de combien de fang fouilla & faoula-t-il fon efpée & fes armes?

Toutesfois, je vous prie, Soldats nouveaux, de cecy, que nul de vous veuille frapper le derriere de l'ennemy. Celuy qui prendra la fuitte devant vous, je veux qu'il foit tenu Bourgeois & Citoyen de noftre Ville; mais tant que les armes feront au vent, & qu'on vous fera tefte, nulle image de pitié vous foit repréfentée; non pas vos peres rencontrez face à face vous efmeuvent. Défigurez-moy le vifage que plus vous ref-

pecterez : n'efpargnez freres, ny parents ;
tuez tout. Je prends tout le blafme fur moy
    Or fus, abattez-moy ces tranchées, &
empliffez en les foffez des ruynes, afin que
les trouppes en fortent en plus belle ordonnance : n'efpargnez pas mefmes les tentes.
Vous camperez bientoft en celles, & dans
les tranchées, d'où fortent ces Bandes qui
viennent à vous pour fe perdre.

CINQUIESME OPUSCULE.

HARANGUE de POMPÉE sur le poinct de la journée Pharsalique, tirée du mesme VIIe. Livre de LUCAIN, comme l'autre précédente.

FORME D'ARGUMENT.

SOudain que Pompée eut descouvert l'armée de l'Ennemy sortir du camp droit à luy, & qu'il n'y avoit plus lieu ny moyen de temporiser, ny de s'en desdire, & que le jour estoit agréable aux Dieux, il se sent le cœur aucunement froid & glacé, voire esperdu, qui fut un mauvais présage à un si grand Capitaine d'appréhender les armes qu'il avoit veu si souvent reluire. Toutesfois, il couvre sa peur par certaine belle contrefaicte contenance, & monté sur un cheval haut & grand à l'advantage, harangue ainsi les siens :

SOLDATS, le dernier jour des guerres civiles que vostre vertu a tant recherché, & que vous avez tant demandé, est venu. Des-

ployez maintenant toutes vos forces. Il ne
reste plus rien que ceste derniere besoigne
de vos mains, & une seule heure emporte
tout l'univers au péril, ou l'en retire.

Quiconque desire sa Patrie, ses Dieux fa-
miliers, ses enfants, sa femme, & ses plus
chers gages abandonnez, qu'il les cherche
avec l'espée, Dieu a tout mis au milieu de
ce champ.

Nostre meilleur droit nous commande d'es-
pérer les Dieux à nous tous favorables. Ils
guyderont nos dards dans les entrailles de
Céfar, & establiront les Loix Romaines.
S'ils apprestoient une donnation de Royaumes, & du monde à mon beau-pere, ils
pourroient haster & advancer ma vieillesse à
la mort. Ce n'est le faict des Dieux cour-
roucez de conserver Pompée à la Ville &
son peuple.

Nous avons rapporté tout ce que nous
avons pu pour vaincre. Les Nobles, de leur
bonne volonté, s'y sont exposez librement,
& les vieux Soldats ne s'y sont non plus espar-
gnez. Si les Dieux vouloient faire revenir en
ces temps les Curies, les Camilles, les Dé-
cies, qui si volontairement se sont présentez
à la mort pour leur Patrie, ils seroient maintenant de nostre party.

J'ay assemblé tous les peuples du haut
Orient, & des Villes, qu'on n'en sçauroit
nombrer les forces qui en sont estées tirées

pour venir à ceſte battaille, que jamais on n'en a tant veu ſortir. Nous nous ſervons de tout le monde, dont nous avons fait reveuë de l'autain & de la bize. Hé ! ne mettrons-nous pas donc nos ennemis au milieu de nous, renfermez de nos aiſles qui fondront ſur eux ? La victoire ne demande pas grandes forces ; mais les grandes trouppes eſpouvantent fort, & de leurs crys font un grand effort de guerre. Enfin, Céſar n'eſt pas baſtant pour nous.

Croyez que les belles Dames Romaines, avec leurs beaux cheveux eſpars, advancées pour vous regarder de-là juſques icy ſur les murailles de Rome, vous exhortent au combat.

Croyez que le Sénat ancien, qui, pour ſon vieil aſge & caſſé, exempt de porter les armes, proſterne à vos pieds ſon chef blanc & vénérable ; & que tout Rome, craignant & abhorrant la tyrannie, vient au-devant de vous pour vous recueillir.

Croyez auſſi que le peuple qui eſt à préſent, & celuy qui eſt à venir, rapporte ſes prieres meſlées enſemble pour vous ; car l'un veut naiſtre libre, & l'autre veu mourir franc.

S'il y avoit quelque choſe en moy digne pour vous faire prieres après de ſi grands gages ; avec mes enfants, & ma femme, s'il m'eſtoit auſſi permis, ſans offenſer la majeſté de l'Empire, humble je m'eſtendrois à vos pieds pour vous ſupplier davantage , & de vous monſtrer encore comme avecques moy autres fois vous avez eu part en mes conqueſtes.

Si vous n'eſtes victorieux maintenant, voſtre grand Pompée eſt vaincu & banny, mocquerie de ſon beau-pere, voſtre grand Vitupere. Je déteſte ma derniere fatalité. Jà n'advienne que j'apprenne à ſervir en mon vieil aſge.

SIXIESME OPUSCULE.

COMPARAISON *des deux Harangues précédentes.*

IL ſemble que les paroles de l'un & de l'autre de ces Capitaines ſoient fort diſſemblables, bien qu'elles ſoient braves & ſuperbes. Toutes-fois, on diroit que celles de Pompée ſont prononcées de quelque certaine peur, & d'une mauvaiſe prognoſtique de ſon propre malheur, & de ſon armée. Cela eſt advenu ſouvent à pluſieurs grands Capitaines, qui, contrefaiſans des gallands, & faiſant bonne mine, ſont deſcouverts par gens d'eſprit en leurs paroles, contenances & geſtes. Je m'en rapporte aux plus braves Diſcoureurs, & à ceux qui ſe ſont trouvez en telles affaires.

Il n'y a qu'une choſe, ſi me ſemble, qui manque en ceſte *Harangue de Céſar*, qu'il devoit toucher quelque mot des Dames, comme fait Pompée ; puis qu'il n'y a rien qui tant anime un courage, que les Dames & leur amour : ainſi que ce grand Philoſophe deſiroit une armée, ou pour le moins une bande d'amoureux, leſquels, ſi luy ſembloit, fairoient rage de combattre plus que les autres.

Donc je m'eftonne que Céfar fut court en cela ; car le bon Empereur, & bon compagnon qu'il eftoit, il n'eftoit nullement ennemy des Dames, ny de leur accointance. Tefmoing le fobriquet que luy donnerent fes Soldats marchans en triomphe avecques luy, ainfi que tout leur eftoit permis ce jour-là : *Romani, fervate uxores, Mœchum calvum adducimus.*

C'eft-à-dire :

Romains, ferrez & gardez bien vos femmes, fi vous voulez : car nous amenons avec nous ce grand Adultere le chauve. Par-là les advertiffant de bonne heure qu'il les desbaucheroit toutes. Voilà de bons advertiffements, & à eux une obligation bien grande pour Meffieurs les marys.

SEPTIESME OPUSCULE.

Épistre dédicatoire à très-haute & très-grande Princesse, la Reyne Mar-guerite, fille de France, ma très-illustre Dame & Maistresse, sur la Ha-rangue suivante.

Madame,

Je vous envoye encore ce second eschan-tillon, que j'ay traduit en François, du dixiesme Livre de Lucian, ou plustost de son honneste femme Polla Argentaria, Gen-tille-Dame Romaine, & l'une des plus ac-complies en beauté & vertus, qui fust de son temps, comme je vous ay dit ailleurs. C'est la harangue que fit ceste belle Reyne Cléopatre à Jules César ; lors qu'il arriva en Egypte : ensemble la forme du festin qu'elle luy fit par emprès.

Je m'estimerois bien heureux, Madame, si vous y prenez quelque plaisir ; car ma plume ne vole que pour vous, bien qu'elle ayt le vol trop bas, *para alcançar sus altas Virtudes,*

Virtudes, y dignas Alabanças (1). *Si j'euſſe
pu, Madame, au lieu de cet eſchantillon,
vous en traduire un des Livres tout entier,
ainſi que me l'aviez commandé, je l'euſſe
fait. Mais deſpuis deux ans, j'ay eu mon
eſprit ſi inquietté, & ſi vague de tout enthouſiaſme, que je n'y ay pu travailler.
Poſſible que quelque jour il me ſaiſira &
ſurprendra tout-à-coup, que je vous en fairay une verſion de tel Livre des dix, que
je pourray choiſir vous eſtre agréable, &
digne de vous, ou que me le commanderez
vous-meſmes.*

---

(1) C.-à-d. *atteindre ſes hautes vertus, & ſes
dignes louanges.*

HUITIESME OPUSCULE.

HARANGUE que fit la Reyne CLÉO-
PATRE à JULES CÉSAR, lors qu'il
vint en Egypte, poursuivant POMPÉE.

ARGUMENT, pour mieux entendre
le tout, tiré du X.ᵉ Livre de Lucain, ou
pluſtoſt de ſon honneſte femme, qui para-
cheva ſes Livres, ainſi que j'ay dit en la
traduction de l'Harangue du-dict Céſar &
Pompée, avant la bataille de Pharſalle.

APRÈS que Céſar eut gagné la bataille
de Pharſalle, ne ſe contentant de la victoire
du champ, il la voulut pourſuivre plus avant,
& tirer vers l'Egypte, où Pompée avoit pris
ſa retraite : ſur les ſablons de laquelle Céſar
n'eut pluſtoſt mis le pied, que ſa fortune,
& le deſtin de la mal-heureuſe Egypte, en-
trerent en contention, à ſçavoir ſi la puiſſance Royale de ces grands Ptolomées fleſchi-
roit ſoubs les Romains, ou bien ſi les armes
des Egyptiens oſteroient à l'univers avec la
teſte du vaincu, celle du victorieux.

La mort & la calamité de Pompée ſervi-

rent bien en cela d'inftruction à Céfar, pour
fe garder de la perfidie de l'Egyptien, &
confervation pour luy & du peuple Romain,
à ce (1) deformais ces grandes plaines &
longues campagnes du Nil, ne fervifient plus
à les engraiffer des fépultures des Romains.
Et par ce, Céfar, faifant femblant d'eftre affeuré quelque peu de la foy de ces Egyptiens,
fur le gage de la mort de Pompée, & les
erres d'une telle mefchanceté, fe met à fuivre
fes bandes & Légions, vers la Ville de Pa-
retonie. Mais le peuple le voyant entrer
dans le Royaume avecques main armée, &
enfeignes desployées, & marques d'un Con-
ful Romain, commença avoir peur, à mur-
murer & fe plaindre, que la majefté Royale
d'Egypte eftoit fort diminuée par la préfence
de Céfar, & des Romains fes gens de guerre.
Ce qui donna à penfer à Céfar, que les chofes ne fe pafferoient fans bruit, & de croyre
que Pompée n'avoit point efté perdu, tant à
caufe de luy, ny à fa confidération, que
pour autre mefchant fubjet; ce qui le fit advifer à foy. Par-quoy, faifant bonne contenance, & diffimulant l'éminence du mal,
nullement toutesfois eftonné ny failly de
cœur, s'en va à deffein vifiter les Temples,
& les Dieux de là, enfemble les fuperbes

(1) à ce que.

sépultures des Roys anciens, & sur-tout du grand Roy Alexandre, qu'il admira fort: non qu'il se souciast autrement de leurs Dieux, de leur révérence, ny de leurs reliques; non pas mesmes de leur or & richesses. Là-dessus vous voyez fort bien escrite & représentée la fortune bonne & male du dict Alexandre, qui est chose certes belle à voir en ce Livre.

Sur ces entrefaictes, arrive ceste grande & belle Reyne Cléopatre, sur une gallere de deux rames par banc seulement; & la premiere & plus belle chose qu'elle fit d'abord, c'est qu'elle gaigne le Capitaine, & la garde de la forteresse du Phar, (il n'y a rien qu'une grande beauté ne gaigne & ne corrompe,) sans que César en sçache rien, (monstrant elle par là son gentil esprit & courage) pour s'introduire là-dedans, pour le voir & l'aymer, & le tenir, comme elle s'en asseure bien par le remede de ses extresmes beautez qu'elle portoit sur elle; ne se promettant rien moins que de l'espouser, & avoir sa part & moitié avec luy en l'Empire Romain, ou bien le gaigner autrement, & le réduire à sa totale disposition. Quel brave cœur, & grand ambitieux dessein de Princesse! La voilà doncques venir vers luy, avec une fort belle grace & asseurance, une mine assez triste; non pourtant qu'elle jettast jamais larme de ses beaux yeux: & pour orner sa tristesse feinte, elle s'estoit accommodée

de ſes cheveux gentiment eſpars , en tant
qu'il falloit ſelon ſa grande beauté , (dit
l'Hiſtoire) fuſt ou négligemment, ſelon ſa
jeuneſſe , ou par curioſité ; & puis elle parla
ainſi :

,, Céſar , ſi , pour eſtre ſortie de ceſte
,, grande & noble race de Lagus , & des
,, Ptolomées, mes anciens & braves prédé-
,, ceſſeurs , & qu'en moy vous y reconnoiſ-
,, ſiez quelque certaine marque de vertu &
,, nobleſſe , je ſuis maintenant hors de mon
,, Royaume , bannie pour jamais de mon
,, ſceptre paternel. Mais ſi ta puiſſante dex-
,, tre m'y veut une fois remettre & retour-
,, ner à mon premier eſtat & félicité, lors
,, eſtant Reyne de faict, je vous embraſſeray
,, les pieds.

,, Tu viens à nous comme un bel aſtre,
,, luyſant & propice, & comme un juſte &
,, fort équitable Juge : ce que m'eſtant par
,, toy octroyé, je ne ſeray pas la premiere
,, qui a commandé en ce Royaume, & en
,, a eu la domination. Car l'Egypte s'eſt ap-
,, priſe à rendre obéyſſance à une Reyne,
,, ſans diſtinction ny différence de ſexe. Meſ-
,, mes par la Loy teſtamentaire & derniere
,, volonté de mon pere, il voulut le droit
,, du Royaume & du lict Royal m'eſtre com-
,, mun par mariage avec mon frere Ptolc-
,, mée, & que je fuſſe héritiere par moytié
,, du Royaume. Quant à mon frere, je veux

,, fort bien qu'il ayme fa fœur, & jamais je
,, ne luy defnieray toute obéyffance, mais
,, que ce foit en tant qu'il fera remis en la
,, franchife de fa premiere liberté, & qu'il
,, ne foit plus fubject foubs la tyrannie &
,, gouvernement de Photinus.

,, Ce n'eft pourtant, Céfar, que je m'en
,, veuille prévaloir ; mais au moins, délivre-
,, nous de cefte honte, & de ce mefchant
,, homme. Qu'eft-il befoing, qu'un tel petit
,, galand que celuy-là, ferviteur de noftre
,, maifon, mefchant & vicieux, foit Officier
,, de noftre Couronne, & y regne ; & que
,, les vrays enfants en foient repouffez &
,, oppreffez ? Arrache-nous donc, Céfar,
,, les armes & l'arrogance de ce vilain, qui
,, font pollues & exécrables par la mort de
,, plufieurs, & principalement du grand
,, Pompée.

,, Commandes donc que le Roy mon
,, frere regne, & aye la Régence de ce
,, Royaume affeurée. Et quoy, Céfar, pen-
,, feriez-vous, que ce maraut, eftant devenu
,, fier & arrogant, pour avoir fait mourir
,, Pompée, qu'il ne conçoive pas en foy &
,, ne machine en fon ame, d'en ufer de mef-
,, me encontre vous, s'il peut ? Comme des-
,, jà il le femble, eftant en armes, qu'il y
,, branfle ; ce que les hauts Dieux veuillent
,, deftourner. Au refte, pour avoir fait mou-
,, rir Pompée, ce n'eft pas fi grande gloire

„ pour luy, qu'il s'en puisse prévalloir, ny
„ tant se vanter ; ny si grand bien aussi pour
„ toy, que tu luy en doives sçavoir gré : &
„ je m'asseure, César, que dans vostre ame
„ généreuse vous n'en jugez l'acte beau, ny
„ luy en voulez pas plus de bien ".

Certes, ces paroles de ceste grande Reyne, furent très-belles & bien dictes, & bien
qu'elles fussent élégamment prononcées, &
de grande majesté, & belle grace, (car elle
estoit très-éloquente & diserte,) & de plus
qu'elle parloit distinctement sept ou huict
langues sans avoir truchement ; mais il faut
croyre (dit nostre Lucain) que toutes ses
belles paroles estoient vaines, sans son ex-
tresme beauté, qui y fit plus que tout ; car
César ne l'eut pas plustost regardée, qu'il en
devint tout espris. Si-bien que la nuict d'emprès (non de la façon sotte que le dit Plutarche, qu'elle entra en sa chambre, mais
d'autre plus gentille) elle corrompit son Juge, qui s'y laissa aller fort doucement.

Après donc que Ptolomée eut acquis &
achepté la paix par dons & présents que fit
Cléopatre à César, il la fallut célébrer par
beaux festins & somptueux banquets royaux,
pour l'esjouyssance desquels en fut fait un si
superbe appareil, & si grand monstre de magnificences, que les Romains, auparavant
fort grossiers, disoient tous n'en avoir jamais
veu de pareilles : car le palais royal, où

estoit apprefté le feftin, eftoit en forme &
femblance d'un temple de Rome , & qu'à
grand peine les afges advenir, tant diffolus
en délices feroient-ils, n'en fçauroient faire
un femblable. Les foliveaux du plancher eftoient tous couverts & lambriffés d'or, qu'on
avoit mis deffus avec artifice merveilleux.
Et n'eftoit cefte maifon royale embellie ny
ornée de marbre, comme elle eftoit par l'y-
voire & les perles précieufes meflées parmy.
L'agate s'y faifoit bien reconnoiftre fur-tout
pas fon efclair brillant, (le Latin de Lucain
l'appelle *non feignis Achates.*) De mefmes,
en eftoit le porphyre rougiffant, la cornaline
y eftoit fi abondante, qu'elle fervoit de pavé,
& fe foulloit aux pieds d'un chafcun. Le bois
exquis de l'ebene Egyptien, ou Indien , ne
couvroit ces grands feuils des portes , mais
fervoit feulement pour fouftenir la maifon
royale , non pour l'embellir nullement , tenant lieu là d'un bois vil & vulgaire. L'y-
voire Indien couvroit entiérement le devant
de la falle. Les efcailles de la tortuë Indien-
ne, incifées en lames, fervoient fort d'orne-
ment, avec les perles entremeflées par un
merveilleux artifice, & plufieurs efmeraudes
colorées, accompagnées enfemble. Les groffes perles fines, & très-exquifes, paroiffoient
de toutes parts fur les licts où l'on feftinoit,
lefquels eftoient tendus d'un fin pourpre Ty-
rien. Bref, tout y reluyfoit. D'une autre part,

les pavillons tyſſus en forme de plumes re-
luyſoient extreſmement, à cauſe de l'or ſur-
ſemé par-deſſus, & des filets variez & diver-
ſifiez de diverſes couleurs, que les Egyptiens ont accouſtumé de mettre en œuvre
parmy leurs toilles, quand ils les tiſſent. Si
que c'eſtoit choſe fort belle à voir.

Or, après, pour le ſervice des tables, l'on
y voyoit un grand nombre d'eſclaves, & de
ſerviteurs de bonne façon, diſtinguez les uns
d'avec les autres, & différents en couleurs,
en beauté, & en aſge. Les uns portoient
cheveux aucunement noirs, autres blonds:
ſi que Céſar-meſme advoua n'avoir veu de
telles, ny ſi belles perrucques en la Germa-
nie, où il avoit fait la guerre. Les autres
avoient les cheveux creſpez, friſez, entortil-
lez, regrillez, & fort renverſez en-haut. Là
auſſi eſtoit la malheureuſe jeuneſſe des eunu-
ques efféminez, privez de toute force humaine. A l'oppoſite deſquels eſtoient ceux d'aſge plus robuſte, ſans qu'aucun poil leur cou-
vriſt le viſage. Après leſquels ſe repréſentoit
une belle bande de jeunes gens, auſquels à
grand-peine commençoit encore à pouſſer la
fleur de leur premiere barbe.

En tel équipage & ſuperbe appareil, com-
mencerent à s'aſſeoir le jeune Roy Ptolomée, les Conſuls, Préteurs, & autres grands
Capitaines, & Céſar au plus haut lieu, &
Cléopatre près de luy, qui ne ſe conten-

tant, pour se faire encore plus paroistre de
la grandeur de son sceptre Egyptien, ny de
son lict royal, avoit fardé un peu son visage,
& paré de richesses infinies de la mer Rouge,
qu'elle avoit tiré en grande despense & cu-
riosité, son col, sa belle & délicate gorge,
sa belle teste & beaux cheveux, qui estoient
tellement chargés, qu'à grand-peine les pou-
voit-elles supporter. Sur-tout, on voyoit ce
beau sein royal, couvert seulement d'un ou-
vrage de soye de Sydon, fait à l'aiguille,
dans l'Egypte-mesme, mais si industrieuse-
ment eslabouré, qu'on voyoit à plein & à
travers les entrelassures, l'allebastre de son
excellente blancheur; ce qui tentoit fort le
monde.

Les tables estoient rondes, faites de bois
de citronnier, si beau & si poly, que César
disoit luy-mesme, qu'il n'en avoit point veu
de plus beau en la région où il deffit le Roy
Juba. Les pieds des tables estoient tous d'y-
voire. Tout cela fut cause, qu'on réputa lors
à grande blasme, ou d'une humeur fort es-
trange, ou fureur quasi aveuglée, à Cléopatre, laquelle, par une certaine ostentation
ambitieuse, & vanité de gloire, elle alla ainsi
monstrer & estendre toutes ses richesses &
grands thrésors à César son hoste, & armé,
& l'exposer à son avarice. Elle estoit plus
advisée que ceux qui en parloient ; car sa
beauté la garantissoit de tout : aussi que Cé-

far avoit l'ame trop noble & glorieufe, pour
tendre à fi vile entreprife d'avarice , & en
faire fon magazin.

Il eftoit pourtant à craindre , que , bien
qu'il fuft fi noble & généreux , qu'il ne fift
(difoient aucuns du feftin) de mefme que
firent les anciens Fabrices , les Curies , &
Cincinates, qui faifoient tant d'eftat de la pauvreté. Si defiroient-ils pourtant tousjours en
leurs charges d'accumuler de grands deniers,
thréfors & richeffes pour les emporter à Rome, & en triompher mieux. Céfar , à leur
exemple, en pouvoit faire autant. Mais de là
il en fortit les mains vuides & nettes. Non,
non , il ne vouloit rien de cefte belle Princeffe , fi-non ce qu'elle portoit fur elle, qui
valoit bien tout un thréfor d'or maffif.

Nonobftant tout , elle fait fervir tous fes
mets en vaiffelle d'or, où eftoient toutes fortes de viandes que la terre , l'air, la mer, &
les rivieres, pouvoient fournir, qu'elle avoit
fait rechercher & apporter de toutes parts
très - curieufement, pour mieux embellir la
fefte & le feftin , fa grande fomptuofité &
généreufe ambition d'honneur; mefme qu'elle ne pardonna pas aux Dieux d'Egypte, qui
n'y fuffent mangez, comme furent aucuns oyfeaux & animaux, lefquels font tenus là pour
Dieux, & pour tels révérez en grande vé-
nération , & adorez dans leurs temples.

On bailloit l'eau à laver dans des baffins

B vj

de criſtal, & les couppes eſtoient de pierres précieuſes, toutes d'une piece, ſi grandes, qu'elles recepvoient du vin pour boire en aſſez ſuffiſance : & ce vin n'eſtoit celuy qui s'amaſſe en la vigne de Maréotide d'Egypte, qui ſe ſervoit à la table, mais c'eſtoit de celuy que produit l'Iſle de Meroé, ayant gouſt de vin vieux, pour eſtre de meſme purifié en ſa boette, & ſa parfaicte bonté. Si qu'on euſt dit, que c'eſtoit vray vin de Falerne, la force duquel eſtoit telle, qu'elle ne ſe pouvoit matter.

Ce ne fut pas tout; car les feſtinez receurent des chapeaux & guirlandes tiſſeues de fleurs de narde floriſſante, & rendant une odeur fort ſuave, entremeſlées avec des roſes qui ne fleſtriſſent jamais en Egypte, & gardent touſjours leur beauté & leur ſenteur. Si fut auſſi reſpandu ſur leurs cheveux force cynamome d'Ethiopie, l'odeur & la ſincérité duquel n'avoit point eſté altérée ny gaſtée par l'attouchement des hommes, qui l'avoient apportée d'où elle eſtoit née & ſortie.

Ce fut, de vray, où Céſar apprit premiérement à conſommer & deſpendre par vaine ſuperfluité les richeſſes qu'il avoit de longuemain, qui çà, qui là, amaſſées des deſpouilles de tant de Provinces gagnées par luy. Si qu'il eut grand honte en ſoy, d'avoir jamais fait la guerre au pauvre Pompée, qui par maniere de dire, n'avoit pas que ſon

eſpée & ſon cheval de guerre : qui, ne s'eſtant jamais ſoucié d'amaſſer thréſors, n'eſtoit pas digne pour ſa pauvreté, que Céſar
priſt tant de peines & travaux à luy faire la
guerre, au prix des biens, richeſſes, magnificences, & ſomptuoſitez des Egyptiens,
après leſquels il penſe deſormais à trouver
quelque juſte occaſion pour les tourmenter
par les armes, & s'enrichir de leurs deſpouilles. A quoy ne tarda pas long-temps par celle
que luy donna Photinus, qui luy dreſſa de
grandes menées ſur ſa vie, luy donnant bien
de l'affaire, & le mit à tel poinct de guerre, & à ſi extreſme danger, qu'il fut contraint ſe jetter dans la mer, & ſe ſauver à
nage par grande merveille, comme le deſcrit très-bien Lucain, où s'aydant de ſoy,
de ſa force, & de ſon bon courage tant
qu'il put, & de l'aſſiſtance que luy fit ce
brave Sæva, l'un de ſes plus renommez &
favoris ſoldats qu'il euſt point, qui le ſecou-
rut & le ſauva là au beſoin, comme il l'a-
voit ſauvé auſſi en Epidaure, dont il l'en
devoit bien aymer : ce qu'il fit, & n'en fut
jamais ingrat. Quel malheur pourtant, pour
ce grand Capitaine, qui n'agueres avoit
fait trembler tout l'univers, d'avoir eſté ré-
duict à telle deſtreſſe par ce Photinus, homme de peu, qui poſſible n'avoit pas tiré
deux fois ſon eſpée en toute ſa vie!

Ces grands Capitaines ont ainſi de tels

malheurs, & font de ces fautes pour n'y
pourvoir : ainſi que très-bien luy avoit pro-
noſtiqué Cléopatre, que l'autre luy machi-
noit ſa mort : Mais Céſar après la luy rendit bien bonne & chaude, comme le deſcrit
Plutarche, & comme il laiſſa Cléopatre Reyne
paiſible d'Egypte, ayant eu de luy un beau
fils portant le nom de Céſarion, qu'Octave
puis emprès traitta fort mal, dont il eut
tort pour l'obligation qu'il avoit à ſon brave
oncle.

Lucain ne touche pas à cela ; car il en
demeure court à la fin de ſon X^e. Livre. Il
dit bien une choſe fort belle, où il traitte,
qu'après ce beau feſtin achevé, Céſar, pour
mieux paſſer & allonger la nuict, il prie
Achorée, le Grand-Maiſtre de la Loy d'E-
gypte, de luy diſcourir de l'ancienneté de
ſa Région, de leurs Dieux, & de leurs cé-
rimonies, de leurs loix, des mœurs du pays,
& façon de vivre du peuple, & ſur-tout de
la ſource du Nil, de ſon regorgement &
reſſerement puis après dans ſon lict. Ce qui
eſt une très-belle choſe à lire, que j'eſpere
un jour poſſible faire voir en la verſion que
j'en fairay, ſi j'en ſuis en humeur, & en
bon enthouſiaſme qui m'ayt bien ſaiſy.

NEUFVIESME OPUSCULE.

FRAGMENT de la Vie de FRAN-
çois DE BOURDEILLE,
pere de BRANTOME.

PRÉFACE ou LETTRE de BRANTOME
à fon nepveu HENRY DE BOUR-
DEILLE, Chevalier de l'Ordre, Con-
feiller d'Eſtat, Capitaine de cent Hommes d'Ordonnance, Lieutenant-Général,
Sénefchal, & Gouverneur de Perigord.

Vous voulez donc, mon Vicomte & cher
nepveu, ſçavoir de moy, par la priere
que m'en avez faite, aucuns traits &
faicts de la vie de feu Monſieur DE BOUR-
DEILLE, *mon pere, & voſtre grand-pere,*
afin de l'en imiter, & mieux reſſembler.
Et vrayment de bon cœur j'en mets icy la
main à la plume, pour vous en raconter
aucuns, que je luy ay veu faire, & ouy
dire aux vieux qui l'ont veu & connu ;
car j'eſtois fort jeune, & de l'aſge de ſept
ans quand il mourut.

Ce petit Traité donc vous servira de sa représentation & image, que vous arregarderez quelquefois, & y compasserez vos actions, lesquelles vous seront toutes louables, si les rendez semblables aux siennes, ainsi que j'espere que Dieu vous en fera la grace : & aussi que je vois vostre semblance & naturel, qui s'y rapporte fort, tant à l'air & traits du visage, qu'à aucunes façons, plus que tous nous autres quatre ses enfants, qui sont mon frere le Capitaine BOURDEILLE, mon frere d'ARDELAY, & moy. Je dis en aucuns linéaments de visage & aucunes actions. Car pour la valeur & la vertu, il ne nous en eust sceu rien reprocher, s'il nous eust pu voir en la perfection de nos asges & valeurs. Il faut que nous nous vantions jusques-là ; & crois que son ame, qui repose en Paradis, s'en est beaucoup & souvent resjouye.

Sur cela je brise & m'en vais accommencer ce que desirez sçavoir, après vous avoir baisé les mains, mon Vicomte & cher nepveu, & asseuré qu'à jamais je vous suis un humble & obéyssant oncle,

BOURDEILLE.

V*IE de* F*RANÇOIS DE* B*OUR-DEILLE.*

MESSIRE FRANÇOIS DE BOURDEIL-
LE, voftre grand-pere, fut fils de Meffire
FRANÇOIS DE BOURDEILLE, & de
YLAIRE DU FOU en Poictou.

Je ne m'amuferay point à vous raconter
l'antiquité de la Maifon de Bourdeille, ny
des hauts faicts & beaux exploicts de guerre
qu'ont accomplis nos peres, grands-peres,
ayeux, bifayeux, & anceftres, aux guerres
qui fe font faites, tant à la Terre-Saincte,
que de-là & de-çà les monts, foubs nos braves & vaillants Roys, qui eftoient pour lors.

Je ne m'amuferay non plus à vous parler
de l'antiquité de la Maifon du Fou, venue
de Bretagne, & fort agrandie par le Roy
Louys XI, & autres Roys qui font venus
après; mefme du Roy François I, qui fit
efpoufer l'héritiere du Fou, niepce de ma
grand-mere, & la filliole & coufine de voftre
grand pere, à Meffire Antoine Defprez, &
le fit Marefchal de France, d'où font fortis Meffires de Montpezat que l'on voit aujourd'huy.

Je ne m'amuferay donc à difcourir de
toutes les antiquitez de ces deux nobles

Maisons de Bourdeille, ny du Fou, ny de leurs faicts & gestes : car cela seroit trop long , & n'aurois jamais fait ; bien que, quand je l'aurois entrepris , j'en penserois venir à bout aussi-bien que homme de nostre race. Venons donc au point.

MESSIRE FRANÇOIS DE BOURDEILLE, donc vostre grand-pere, fut fils de ces deux illustres pere & mere que je viens de dire. Après qu'il vint à estre grand & en asge, son pere le donna Page à la Reyne de France , Anne Duchesse de Bretagne , & y fut huict ans , & avoit cet honneur d'estre son premier Page , (ainsi luy parloit tousjours,) & de monter sur son mulet de devant, qui estoit un très-grand honneur & faveur de ce temps-là pour les Pages des Reynes & grandes Princesses, pour estre en cela préférez à tous les autres. Et le bon - homme feu Monsieur d'Estrées , Grand-Maistre de l'Artillerie, grand homme digne de sa Charge, que nous avons veu, alloit sur le mulet de derriere, ainsi qu'il me l'a compté (1) souvent, & que bien souvent tous deux ils avoient esté foüettez l'un pour l'amour de l'autre.

Car vostre grand-pere faisoit tousjours quelques petites natretez, ainsi que son es-

_____

(1) conté.

prit prompt, vif & gentil, l'y conduifoit;
& fur-tout, quand il faifoit aller le mulet
de devant plus vifte qu'il ne falloit. C'eftoit
lors à la Reyne à cryer : *Bourdeille, Bour-*
deille, vous ferez foüetté, je vous en affeure,
& voftre compagnon; & tant n'y faïlloient
pas, car l'un fe remettoit fur l'autre, & difoit que la faute venoit de fon compagnon,
que le devant s'advançoit trop, & qu'il falloit faire fuivre l'autre; & l'autre difoit, que
le derriere advançoit & paffoit trop l'autre
de devant; & pour ce, de compagnie,
fans ouyr leurs excufes & raifons, eftoient
bien foüettez; mais Monfieur d'Eftrées m'a
dit, que toute la faute venoit de voftre grand-
pere, qui faifoit tout le mal.

Il demeura donc ainfi Page l'efpace de
huict ans; ce qui luy nuifit un peu à fa
taille, qui eftoit très-belle; & la rendit un
peu vouftée quand il vint fur l'afge : &
luy-mefme le confeffoit, & s'en plaignoit,
& que fon pere l'avoit voulu ofter de-là,
s'il euft pu trouver quelque honnefte excufe,
ou qu'il euft ofé; mais il apprit auffi que la
Reyne l'aymoit bien fort, enfemble & l'une
de fes fœurs qu'elle avoit fille; mais elle
mourut jeune à l'afge de quinze ans à la
Cour qui fut fort regrettée, & du Roy, &
de la Reyne (1); car elle eftoit l'une des

_____

(1) *Voyez le Tome II.*

belles filles de la Cour, & la tenoit on pour
un petit Ange, & du plus beau efprit, &
qui difoit & racontoit des mieux. Elle fut
enterrée à côté du grand autel des Cordeliers à Paris, & en ay veu le tombeau en-
gravé de bronze : mais lorfque l'Eglife des
Cordeliers fe brufla, il y a vingt ans (1),
il fondit tout, & n'en refte plus aucune vef-
tige. Elle s'appelloit LOUISE DE BOUR-
DEILLE, & le Roy eftoit fon parain, &
l'aymoit fi très-tant, que, à l'afge de huiét
ans qu'elle fut menée à la Cour, le Roy
la trouva fi belle, fi jolie, & qui caufoit
des mieux, qu'eftant petite garfe (2), l'efpace
de trois ans il la faifoit quafi ordinairement
manger à fa table, quand la Reyne n'y man-
geoit, & la faifoit caufer, fi-bien qu'il l'appelloit fon *petit perroquet*, & luy faifoit ainfi
paffer le temps. Mais quand elle fut gran-
dette, il la mit fur la fageffe & la réputation.
Car à un enfant ou fille, il eft bien féant de
dire & faire tout; mais quand on vient fur
l'afge, il ne faut pas faire tousjours de l'enfant. Si faut-il que je faffe ce compte (3)
d'elle.

Comme j'ay dit, elle eftoit des plus bel-

(1) *En* 1580. *Voyez le* Journal de Henri III,
fous cette année.
(2) petite fille.
(3) Conte.

les qu'on euft fceu voir, & des plus ayma-
bles de la Cour. Par cas, un Pere Cordelier, qui prefchoit ordinairement devant la
Reyne, en devint tellement amoureux, qu'il
en eftoit perdu en toute contenance : &
quelquefois en fes fermons fe perdoit, quand
il fe mettoit fur les beautez des fainctes Vier-
ges du temps paffé; jettant tousjours quelque
mot couvert fur la beauté de ma-dicte tante,
fans oublier fes doux regards, qu'il fichoit
fur elle : & quelquefois en la chambre de
la Reyne prenoit un grand plaifir de l'arrai-
fonner, non de mots d'amour pourtant, car
il y fuft allé du fouet, mais d'autres mots
ombragés tendans à cela. Ma tante n'approu-
voit nullement fes difcours, & en tint quelques propos à la Gouvernante d'elle & de
fes compagnes. La Reyne le fceut, qui ne
le put croire, à caufe de l'habit & fainċteté
de l'homme ; & pour ce coup, diffimula
jufques à un Vendredy-Sainct, qu'il prefcha
la Paffion à l'accouftumée devant la Reyne,
& d'autant que les Dames & Filles eftoient
placées & affifes devant le beau Pere, comme eft l'ordinaire, & qu'elles fe reprefen-
toient à plein devant luy, & par conféquent
ma tante, le beau Pere, pour l'introïi &
thefme de fon fermon, il commença à dire :
Pour vous, belle nature humaine, & c'eft
pour vous pour qui aujourd'huy j'endure,
dit à un tel jour Noftre Seigneur Jefus-

Chriſt : & enfilant ſon ſermon, il fait rapporter toutes les douleurs, maux & paſſions
que Jeſus-Chriſt endura à ſa mort pour nature humaine, & à la croix, à ceux & celles qu'il enduroit pour celle de ma tante ;
mais c'eſtoit avec des mots ſi couverts &
paroles ſi ombragées, que les plus ſublimes
y euſſent perdu leurs ſens. Quelle méditation
pourtant! La Reyne Anne, qui eſtoit très-
habile, & d'eſprit & de jugement, mordit
là-deſſus : & en ayant conſulté les vrayes paroles de ce ſermon tant avec aucuns Seigneurs & Dames, que ſçavantes gens qui y
aſſiſtoient, trouverent que le ſermon eſtoit
très-eſcandaleux, & le Pere Cordelier très-
puniſſable ; ainſi qu'il fut en ſecret très bien
chaſtié & fouetté, & puis chaſſé ſans faire
eſcandale. Voilà la récompenſe des amours
de ce Monſieur le Cordelier, & ma tante
bien vengée de luy, duquel elle eſtoit ſouvent importunée de parler à luy : car de ce
temps, il ne falloit pas ſur peine deſdire ny
refuſer la parole à telles gens, que l'on
croyoit qu'ils ne parloient que de Dieu &
du ſalut de l'ame (1).

Après ma-dicte tante Louyſe vint en ſa

---

(1) *Voyez, ſur tout ce qui regarde cette* Louiſe
de Bourdeille, *le Tome XIII, où les mêmes choſes ſont racontées.*

place fa fœur, & ma tante ANNE DE BOUR-
DEILLE, laquelle eſtoit fillolle de la Reyne
Anne : & de ce temps, les grands Seigneurs,
& meſme mon grand pere, eſtoient fort curieux, que les grands Roys ou Princes, ou
Reynes & Princeſſes, tinſſent leurs enfants
ſur les fonts ; ce qu'ils n'offroient à toutes
Maiſons, ſi-non aux grandes. Ceſte Anne de
Bourdeille fut mariée après à la Cour avec
Monſieur le Baron de Maumont, l'une des
grandes Maiſons de Limoſin. Elle ne fut ſi
belle que ſa fœur, qui l'eſtoit en perfection :
mais elle l'en approchoit fort, ſi non en
taille ; car elle eſtoit fort petite, & Louyſe
l'avoit grande & belle, comme ſon frere Monſieur de Bourdeille.

J'ay fait ceſte diſgreſſion, mon nepveu :
car il faut que vous ſçachiez des nouvelles
auſſi bien des uns que des autres, qui vous
ſont ſi proches.

Pour retourner à voſtre grand-pere, eſtant
ſorty hors de Page, il demeura quelque temps
à la Cour : & puis ſon pere & mere, qui
eſtoient vieux, envoyerent le querir, pour le
voir & les resjouyr ; car ils en avoient ouy
dire beaucoup de bien (ainſi qu'eſt la plus
grande joye aux peres & meres, quand ils
voyent leurs enfants vertueux.) Et de faict,
voſtre grand pere fut trouvé tel, & ſi fort,
qu'ils ne le voyoient pas à demy, & eſtoit
leur enfant bien chéry : de ſorte que le pere

le tenoit fi fort fubject près de luy, qu'il ne le vouloit efchapper, ny donner congé pour tourner à la Cour, ny aller à aucun voyage de guerre, craignant de le perdre par fon courage trop hazardeux.

Enfin, cefte fubjection & cefte délicateffe fafcha fort à voftre grand-pere : & entendant que les François faifoient tant de belles chofes au Royaume de Naples, où la guerre pour lors eftoit, ayant emprunté, qui de-çà, qui de-là, de fes amys, quelques deux cents efcus, feignant un bon matin aller à la chaffe, & ayant pris deux des meilleurs & bons travailleurs courtauts qu'il euft, fans faire bruit, partit avec fon valet de chambre feulement, & un laquais, & avec tous fes chiens & levriers, s'en alla jufqu'à une demye lieuë dans fa Terre, tousjours chaffant : & eftant venu à un village, il fait entrer tous fes chiens dans une grange, & les bien renfermer léans, & donner bien à manger, & commande au maiftre de la maifon & de la grange, que fur la vie, il ne leur ouvre en façon du monde, jufqu'à ce qu'il foit de retour, qui pourroit eftre fur le foir; ou fi de cas il ne revenoit, qu'il ne faillift de leur ouvrir fur le foir, & qu'il les laiffaft aller feulement; car ils s'en retourneroient à Bourdeille; ce que le Payfan ne faillit. Cependant, mon pere gagne chemin, & fait douze grandes lieuës d'une traite, tirant vers Lyon.

Son

Son pere, le soir, voyant son fils n'estre
tourné, s'en estonne, croyant qu'il se fust
trop amusé à la chasse. Mais le lendemain
au matin, quand on luy vint rapporter que
tous ses chiens & levriers estoient à la porte
du Chasteau, il fut en peine & allarme, &
despescha aussi-tost gens par-tout, pour sçavoir
ce qu'il estoit devenu, qui luy rapporterent
au vray l'histoire qu'ils avoient apprise
du Paysan qu'ils luy amenerent, qui confirma
le tout. Soudain il songea qu'il s'en estoit
allé à l'advanture voir le monde, & aussi-tost
il envoya vers Lyon & vers la Cour, pour
en sçavoir nouvelles; se doutant qu'il prenoit
l'un de ces deux chemins.

Cependant, son fils gagne Pays, & ne demeura
que six jours depuis Bourdeille jusqu'à
Lyon, où l'homme de son pere le trouva,
qui luy dit la peine en laquelle le pere & la
mere estoient pour luy, & luy voulant persuader
qu'il tournast. Il luy dit seulement:
*Recommandez-moy à mon pere & à ma
mere, & dites-luy que je fais ce qu'il a
fait d'autre fois; & que je m'en vais voir
le monde, & chercher guerre au Royaume
de Naples. Il ne me verra jamais, que je
ne soye plus honneste homme que ne suis, ny
ne serois, si je voulois le croire, & me faire
tenir cher dans une boëte pleine de cotton
comme une relique.* Il envoya aussi ses recommandations
à sa mere & ses freres &

Tome XIV.   C

sœurs , & ainſi s'en alla vers Naples : où eſtant
venu , il fut très-bien receu de tous les grands
Seigneurs & Capitaines François qui y eſtoient , & principalement de Louys , Comte
d'Armagnac , ſon parent , de Meſſieurs de
la Paliſſe , de Louys d'Ars , de Monſieur de
Bayard , & pluſieurs autres.

Il n'eut pas fait long ſéjour en ces Pays
& guerres , qu'il s'y fit fort reconnoiſtre pour
eſtre très-brave & vaillant ; & ſur-tout pour
emporter la réputation d'eſtre le meilleur &
le plus rude homme d'armes de tous les
François. Car il eſtoit un très-bon homme
de cheval , & n'y avoit cheval , tant rude
fuſt-il , & allaſt tant haut & incommodément
qu'il put , qui luy fiſt jamais perdre l'eſtrieu ;
& de ce temps là , les chevaux n'eſtoient
dreſſés , ny alloient à temps , comme deſpuis.
Et ay ouy dire à un vieux Gentil-Homme
de noſtre maiſon , que ſur tel cheval , rude
qu'il fuſt , ne refuſa jamais à monter deſſus ,
ny que luy fit perdre les eſtrieux , ſur leſquels il mettoit ordinairement des doubles
ducats , & gageoit , qu'en cas qu'il deſem-
paraſt l'eſtrieu , & qu'ils tombaſſent en terre,
il les perdoit par gageure faite ; & s'ils ne
tomboient , ils eſtoient pour luy : & diſoit
ce Gentil-Homme , qu'en ſa vie , il luy avoit
veu faire plus de deux cents gageures toutes
pareilles , & jamais ne les perdoit. Outre
qu'il eſtoit ainſi fort adroit , & bon homme

de cheval, il eftoit grand, de belle haute
taille, fort puiffant, & nerveux; ce qui le
rendoit encore plus furieux & rude homme
de cheval.

Or, il demeura au Royaume de Naples
en tout environ quatorze à quinze mois, jufqu'à ce que les François en furent chaffés
par le grand Capitan, qui obtint fur eux
plufieurs belles victoires, & mefme à la ren-
contre du Garillan, là-où mon pere fit très-
bien, & y fut bleffé, fans que l'Hiftoire
de Belle-Foreft en cet endroit le raconte.
Je l'ai ainfi auffi ouy dire aux vieux, & en
portoit auffi la marque & la playe. En ce
combat, il fecourut & feconda fi bien Monfieur de Bayard, qu'il dit fouvent defpuis,
qu'il penferoit tousjours avec Monfieur de
Bourdeille fon fecond de combattre fix Efpagnols & les deffaire, eftans à cheval. Toutesfois, Monfieur de Bayard eftoit petit, &
non fi fort ny advantageux que mon pere.
Voilà donc les François chaffés & renvoyés
de Naples.

La guerre s'efmeut en la Romanie, où le
Roy envoya fecours au Pape Jules, pour le
recouvrement de Boulogne, contre les Ben-
tivogles; ce que très-mal defpuis & fort in-
gratement il reconnut, comme il fe trouve
parmy les Hiftoires. Monfieur de Bourdeille
faifoit tousjours parler de luy en quelque
belle faction, & fe rendoit fort aymable &

agréable à un chafcun : car il eftoit avec fa
valeur un très-beau jeune homme , & fur-tout
de fort bonne converfation , & qui difoit fort
bien le mot.

Le Pape le prit donc en amitié, & prenoit plaifir de caufer & de jouer avec luy ;
car il eftoit bon compagnon , & familier.
Un jour, ils jouerent enfemble, qu'il gagna
à mon pere quelques trois cents efcus, &
fes chevaux, qui en avoit de beaux, & tout
fon équipage. Après qu'il eut tout perdu contre luy, & qu'il luy en faifoit la guerre , il
luy dit : *Chadieu Benift*, (car c'eftoit fon
jurement quand il eftoit fafché ; & quand il
eftoit en fes bonnes, il juroit : *Chardon Benift,*) *Pape, joue-moy cinq cents efcus fur
une de mes oreilles racheptable dans huict
jours. Que fi je ne la rachepte, je te la baille
à couper, & en faffes un pafté, fi tu veux,
& le manges.* Le Pape le prit au mot, &
confeffa après, que s'il ne l'euft racheptée,
il ne luy euft pas fait couper ; mais il l'euft
obligé tellement à luy, qu'il l'euft contraint
de ne bouger d'avec luy de fix mois, pour
luy tenir compagnie, qu'il trouvoit très-ay-
mable comme vous oyez cy-après. Mais mon
pere s'affeuroit fi bien de fon faict, & du recouvrement de fon oreille, qu'il ne s'en fou-
cyoit point quand il l'euft perdue, comme
il luy dit defpuis ; car il avoit tant d'amys à
l'armée, qu'il euft trouvé tousjours plus de

deux mille efcus à emprunter. Ils fe remirent
donc à jouer, & la fortune voulut que mon
pere fe racquittaft de tout, fors d'un fort
beau courfier, & d'un fors beau petit cheval
d'Efpagne, & une fort belle mule, que le
Pape coupa queuë au jeu, & garde ces trois,
& ne voulut plus jouer. Mon pere luy dit:
Eh, chadieu, Pape, laiffe-moy donc mon
cheval d'Efpagne pour de l'argent, (car il
l'aymoit fort,) *& garde le courfier pour te*
faire tomber, & rompre le cou, fi tu y monte
deffus; car il eft trop rude pour toy. Et
pour la mule, garde-la, & F.. la, fi tu
veux; mais garde qu'elle rue, & qu'elle
ne te rompe une jambe. Le Pape ryoit fi
fort, qu'il ne s'en put arrefter, tant il pré-
noit plaifir à fes naïfvetez & paroles. Le Pape après luy dit: *Je feray mieux. Je vous*
rendray vos deux chevaux, mais non la
mule, & vous en donneray deux autres
beaux, fi vous me voulez tenir compagnie
jufqu'à Rome, & y demeurer deux mois
avec moy. Et pafferons bien le temps, fans
qu'il vous coufte rien. Mon pere luy refpon-
dit: *Chadieu, Pape, quand tu me donne-*
rois ta mitre & ta calotte, je n'en ferois
rien; & pour ton bien je ne quitterois pas
mon Général ny mes compagnons. Adieu
vous, garniment. Et le Pape à rire & les
grands Capitaines François & Italiens, qui
s'eftonnoient & ryoient auffi de la franchife

de parler de mon pere, lesquels si révéremment parloient tousjours à Sa Saincteté. Enfin, le Pape voulant partir, luy fit un adieu le plus honneste du monde, & luy dit : *Que voulez-vous de moy? vous l'aurez.* Le Pape, pensant qu'il voulut demander ses chevaux, il ne luy demanda autre chose, si-non une licence & dispense de manger en Caresme du beurre, d'autant qu'il ne pouvoit manger l'huile d'olive, ny de noix ; ce que le Pape luy octroya aysément, & luy en fit despescher une bulle, pour luy & les siens, qu'on a veu au Thrésor de nostre Maison longtemps : je ne sçay si elle y est encore.

La guerre de Lombardie se continua, où mon pere s'y trouva tousjours, & puis en la bataille de Ravenne, où il fut encore blessé. Et ayant demeuré l'espace de trois ans en ces Pays & guerres, il s'en retourna avec ses compagnons en France, & à la Cour, où il trouva à dire la Reyne Anne sa bonne maistresse morte, qui l'attrista grandement ; car elle estoit toute son espérance & son support. Elle l'aymoit & l'appelloit sa nourriture, & estoit fort ayse, quand elle en oyoit dire tant de bien de luy. Le Roy en fit grand cas, & luy fit très-bonne chere.

Il s'en vint en sa maison voir son pere & sa mere, qui le receurent ne faut point demander avec quelle joye ; & n'y vint point gueux nullement, ny en l'équipage qu'il alla ;

car les grands chevaux, & tout son équipage, valoit plus de deux mille escus, qui estoit beaucoup de ce temps-là, avec de fort honnestes gens. Entre autres, il mena un honneste maistre Pallefrenier qui s'entendoit bien en chevaux, qui estoit de ce temps comme un créat d'aujourd'hui. Il a vescu cent ans. Je l'ay veu, mais fort vieux; encore montoit-il quelquefois à cheval tout vieux qu'il estoit. Il s'entendoit très-bien à la maladie des chevaux, & nous l'appellions le bon-homme, & qui nous racontoit bien des jeunesses & vaillances de mon pere. Il devint aveugle de vieillesse, & laissa des enfants assez honnestes gens, mais non pareils à luy.

Le Roy Louys XII mort, que ce beau voyage du Roy François se présenta delà les monts pour la journée de Marignan, mon pere y va. Car ny pere, ny mere, ny tout le monde, ne l'eust pas sceu retenir. Car il estoit du tout à luy, & ne vouloit estre subject à personne du monde, & ne voulut jamais avoir Charge ny de Capitaine, ny de Lieutenant, ny d'Enseigne, ny de Guydon; rien de tout cela, tant il s'aymoit, & luy, & sa douce liberté : ainsi que tous nous autres, & sur-tout moy, avons esté de ceste humeur, dont mal m'en a pris pour mon advancement. Il se trouve donc à ceste guerre & bataille de Marignan, combattant sous l'estendart de Monsieur de Bourbon, qui l'ay-

C iv

moit extrefmement, pour des raifons que diray cy-après, & en fit au Roy de très-bons
& hauts rapports : ainfi qu'il fe fit ce jour-
là paroiftre à clair, & le Roy luy voulut dès-
lors donner Charge, & le faire Lieutenant des
cent Hommes d'armes de fon oncle René
Baftard de Savoye; mais point. Après la battaille gagnée, il demeura à Milan quelque
temps, avec Monfieur de Bourbon, Lieutenant-Général du Roy, & puis s'en retourna en France avec luy.

Eftant en France, fa mere s'advifa de le
marier, car fon pere eftoit mort, pour le
retenir, afin qu'il fuft arrefté, & n'allaft plus
traverfer ny vagabonder le monde, & trotter
tant qu'il avoit fait, & que le feul mariàge,
difoient fes parents, le pourroit arrefter. Sur
ce, il efpoufa ANNE DE VIVONNE, ma
mere, une fort honnefte & fage Damoifelle,
& pour lors fille d'une des bonnes & riches
Maifons de Guyenne, voire de France, &
fille de Meffire André de Vivonne, Sénefchal de Poiétou, Chambellan du Roy, &
Gouverneur de Monfieur le Dauphin, &
fille auffi de Madame Louyfe de Daillon,
fa mere, de cefte grande Maifon du Lude,
Dame d'honneur de la Reyne de Navarre,
Marguerite, fœur du Roy François. Cefte
fille Anne de Vivonne fut fort aymée & ché-
rie de fon pere & fa mere : & falloit bien
qu'ils euffent en grande eftime Monfieur de

Bourdeille, & que Monſieur le Séneſchal, qui eſtoit un des habiles hommes de ſon temps, & qui avoit beaucoup veu, meſme avoit fait le voyage du Royaume de Naples avec le Roy Charles VIII, l'avoit connu & remarqué pour un fort honneſte homme & de grande valeur. Et bien qu'il fuſt recherché de fort grands partis, & plus riches que Monſieur de Bourdeille, ſi eſt qu'il eut la préférence ſur tous autres de ſa fille : car il diſoit qu'il eſtoit d'une très-grande & des plus anciennes Maiſons de Guyenne, & très-brave & vaillant, & ſur-tout très-homme-de-bien & d'honneur. Pour toutes ces raiſons, il luy bailla ſa fille, qui n'avoit que treize ans quand il l'eſpouſa, qu'on craignoit qu'il la gaſtaſt, & ne puſt jamais avoir enfants ; car il avoit un advitaillement ſi grand & advantageux, qu'il euſt fait peur & appréhenſion à une femme d'un plus grand aſge.

Lorſqu'il l'eſpouſa, il n'eut pas de mariage, que vingt mille francs, qui eſtoient beaucoup pour lors, & comme aujourd'huy quarante mille : mais ſon pere la rappella puis après, ainſi qu'en eſt la couſtume de Poictou : & depuis, en hérita de plus de ſoixante mille eſcus, tant en terres que les beaux meubles d'Amville, qui eſtoient lors des plus beaux qui fuſſent en maiſon de Guyenne.

Elle fut ſuperbement habillée pour ſes nopces : car la Reyne Anne, qui eſtoit ſa maraine, & qui aymoit ſinguliérement Monfieur le Sénefchal, voire d'amour, luy légua par teftament deux robbes de drap d'or, deux de toille d'argent, & deux de damas rayés d'or & d'argent, ainfi que cefte façon en couroit pour lors. Elle luy ordonna auffi deux paires de brodures, belles & riches ainfi que la façon en couroit póur lors.

Monfieur le Sénefchal fon pere, & Madame la Sénefchalle fa mere, qui en avoit eu de belles de Madame de Bourbon, avec qui elle avoit efté nourrie fille, & l'aymoit fort, luy firent auffi de beaux préfents, tant de robbes que brodures. Les nopces furent fort fomptueufes & magnifiques, & bien fort auffi les amenances, qui fe firent à la Tour-b'anche, & à Bourdeille. Car ainfi que j'ay ouy dire à ma tante de Grezignat, allerent au-devant de la mariée jufqu'aux portes d'Angoulefme trois cents Gentils-Hommes en deux bandes, l'une menée par Monfieur de Bourdeille, & l'autre par Monfieur de Grezignat, fon frere. Ceux de Monfieur de Bourdeille eftoient veftus de grandes cafaques de velours cramoify à l'Albanoife, & les chevaux bardez de mefme. Ceux de Monfieur de Grezignat de velours jaune, parce que c'eftoient les couleurs de la mariée jaune & rouge : le tout pourtant aux defpens de mon pere. La mariée eftoit montée fur une hacquenée blanche, harnachée de velours cramoify & argent, fort fuperbement : & la faifoit très-beau voir à cheval ; car elle s'y tenoit fort bien, & paroiffoit très-belle comme de vray elle l'eftoit, & fort agréable, ainfi que tefmoigne fon portrait repréfenté dans le Sépulchre d'Amville, & ceux de Catherine & Jehanne, l'une Religieufe à Fontevaux, & Jehanne qui fut Madame de Dampierre, toutes trois repréfentant les trois Maries.

La dicte Dame de Bourdeille avoit fix Damoifelles après elle, toutes montées fur hacquenées, que mon pere avoit donné, avec harnois de velours noir. Entre autres eftoient à elle les deux Marignys, l'aifnée mariée à Urfé, & l'autre à Chemeraut, d'où font fortis Mrs. de Chemeraut qui font annuit, une fille de Saveille, riche héritiere, & mourut à la Tour-blanche, & enterrée à Cercles, Paroiffe de la-dicte Tour-blanche.

Elle avoit auffi trois Pages, dont un de la Maifon de Lammary, parent de la Maifon de Bourdeille, qui eftoient veftus de velours rouge pourpre, doublé de blanc, avec des bandes de velours noir bordé d'argent, parce que c'eftoient les couleurs de la Maifon de Bourdeille : blanc, noir & rouge (*).

(*) Ces trois Pages & livrée de Bourdeille, au mariage d'Anne de Vivonne, tirés de fix grandes mains de papier écrites de la main de Bran-

Bref, le convoy de ces nopces fut des plus pompeux & fuperbes qu'on avoit veu il y avoit long-temps en Maifon de Guyenne.

Or, chacun penfant que cefte belle femme arreftaft mon pere de ne plus trotter, & que ce lien de mariage le liaft tellement qu'il ne bougeaft plus fans aller tant voyager, il les trompa bien tous. Car ayant touché argent frais, (bien que fon pere durant fon vivant ne luy efpargnaft jamais rien, quand il le vid fi honnefte homme pour paroiftre fur tous ; car mon grand-pere eftoit très-riche de grands biens & moyens, & luy donnoit un entretien très-grand & digne d'un petit Prince ;) il tourne encore delà les monts trouver Monfieur de Lautrec, qui l'aymoit extrefmement, & qui eftoit lors Lieutenant de Roy, & y va avec un fort beau & riche équipage de guerre, & avec luy fix ou fept Gentils-Hommes de fes Terres, dont le Sieur du Pleffac en eftoit un, à qui j'en ay ouy difcourir.

Ne faut point demander fi Monfieur de Lautrec luy fit bonne chere, fe voyant renforcé d'un fi honnefte & brave Gentil-Homme, lequel il voulut plufieurs fois honorer

---

tome, qu'on a perdues à la mort de Quinet, Directeur de l'Opéra vers 1712, à qui on les avoit donné pour faire imprimer la *Vie de Brantome.*

de Charges; mais rien moins : il n'y voulut
entendre, & demeura par-delà un an & demy fans en bouger, faifant tousjours quelque
beau coup digne de fa main. Mefme un jour,
ainfi que m'a dit une fois Monfieur de Brouil-
lac, qui eftoit auffi avec luy, près de Cre-
mone, il y eut un Capitaine Efpagnol, ou
Italien, qu'on tenoit pour un très-bon Gendarme, qui demanda à donner un coup de
lance, ayant un ruiffeau entre deux, & affez
gros, fi qu'on ne pouvoit aller à luy. fi-non
fur un petit pont de bois, que les tables
trembloient toutes, & à demy-ufées. Feu
mon pere prend un cheval d'Efpagne, fans
dire garre, & paffe fur ce pont, fi vifte &
légérement, avec la plus grande courfe de
fon cheval qu'il luy put donner de l'efpe-
ron, qu'il paffe de-là, va à fon homme, luy
donne un fi grand coup de lance, qu'il le
porte d'un cofté par terre à demy-mort, la
felle de fon cheval va d'un autre cofté, & le
cheval de l'autre : & ayant fait cela, s'en retourne fur le mefme pont, avec mefme vif-
teffe & prefteffe qu'il avoit fait en allant,
avec un grand eftonnement de tous les re-
gardans, & crainte que luy & fon cheval ne
fondiffent & pont & tout dans l'eau, & tourne
fain & gaillard : & dit defpuis, que s'il ne fuft
advifé de prendre ce cheval léger & vifte,
& en euft pris un plus fort ou courfier, ou
rouffin, & ne fuft allé ainfi vifte, & d'aller

le pas, il fe fuft rompu le cou, ou noyé, &
tombé & le cheval & tout. Il fut fort efti-
mé de ce coup, & des François, & des Efpagnols & Italiens : & parla-t-on fort de la
bonne & rude lance du Seigneur de Bourdeille, enfemble de fon efpée & fon bras;
car il l'avoit fort robufte & fort nerveux, fans
trop garniture de chair.

Ayant de mefme de-là les monts efté en
très-bonne réputation , & fort aymé des
François; car il tenoit très-bonne table, def-
penfoit tout, donnoit fort, eftoit fort libéral.
Quand il voyoit un honnefte homme, qui
avoit faute d'un bon cheval, ou autre qui
luy en demandoit un, auffi-toft il luy donnoit. J'ay ouy conter à Monfieur de Brouil-
lac, que le premier cheval de guerre & d'ordonnances qu'eut jamais Monfieur de Bu-
rie, mon pere le lui bailla. Auffi ne le cé-
loit-il pas, & le difoit fouvent, & honoroit
fort mon-dict pere, & le venoit voir fouvent
en fa maifon quand il y fut retiré, & luy portoit grand honneur & refpect , & parloit
tousjours du bon temps avec toutes les
louanges de mon-dict pere, bien qu'il euft
eu dans le Piedmont & au Royaume de
Naples , de belles charges. J'ay veu cela,
eftant fort petit garçon une fois à la Feuillade. Auffi mon pere luy pourchaffa fon mariage avec fa femme, qui eftoit fa coufine
germaine, de la Maifon de Belleville : &

jamais mon dict pere ne l'appelloit que coufin, ou caftron, parce qu'il eftoit de Sainc-
tonge; car il avoit cefte humeur & couftume,
que gueres il n'appelloit les perfonnes par
leur nom ou furnom, ou de leurs Seigneuries, mais leur en impofoit quelqu'un, comme fouvent il fe verra en ce Difcours.

Pour retourner encore à fa libéralité, feu
Monfieur d'Effe, ce grand Capitaine defpuis,
eut auffi de luy fon premier cheval de guerre
qu'il eut jamais, & luy donna avec une très-
belle & bonne efpée dorée. Il le difoit par-
tout, comme je l'ay ouy conter à Madame
de Dampiere, & à ma fœur de la Chapelle,
qui luy ont ouy dire fouvent. Auffi ne fut-il
jamais ingrat. Car tant qu'il a vefcu, il a
tousjours fort honoré noftre Maifon, d'autant qu'il avoit efté nourry Page de feu
Monfieur le Sénefchal mon grand-pere, &
difoit avoir bercé cent fois ma mere : & ne
voulut jamais laver avec Madame la Sénefchalle ma grand-mere, bien qu'il fuft efté
Lieutenant de Roy en Efcoffe, & ne lavoit
jamais qu'avec fes deux filles, ma mere, &
ma tante de Dampiere. Mon pere ne l'appelloit jamais que Landrecy, parce qu'il
avoit léans tenu le fiege, avec le Capitaine
la Lande, fi bravement contre l'Empereur
Charles.

Mon pere auffi donna fon premier cheval
de guerre, pour aller aux Ordonnances fous

Monsieur de Montpezat à Foussan, à Monsieur de St. Martin de Lisle de Périgord, d'où sont sortis ceux de Lisle-Dieu : & me souviens de l'avoir veu une fois à la Feuillade, qui vint voir mon pere, & ne se voulut jamais laver avec luy, tant il luy portoit honneur & respect, & le disoit estre cause de son advancement, quand il l'envoya aux Ordonnances , & le bailla à Monsieur de Montpezat, son cousin, qu'il luy recommanda fort. Aussi luy bailla-t-il la commission d'aller le premier parlementer à Foussan avec Antoine de Leve. Et puis, quand la Savoye fut conquise, il fut fait Gouverneur & Capitaine du Chasteau de Montmelian. Voilà son advancement par le moyen de mon pere, lequel ne l'appelloit jamais que grand vilain pendard , non qu'il ne fust de très-bonne Maison, mais parce qu'il estoit grand, gros, puissant , & fort comme un vilain. C'est assez pour le coup parlé de ses libéralitez, jusqu'à une autre fois.

Quand l'entreveuë du Roy François, & Roy Henry d'Angleterre, se fit à Ardres, mon pere s'y trouva, où il y eut de grandes magnificences, & sur-tout de joustes & tournois. Madame la Régente luy fit commandement exprès de n'entrer en tournois, & luy deffendit la jouste, sous peine de grande desobeyssance, & principalement contre le Roy son fils, bien qu'il fust un des bons

Hommes d'armes de fon Royaume : mais mon pere l'eftoit bien plus, & fouvent en avoient fait la preuve, & s'eftoient effayez & taftez; & Madame la Régente craignoit qu'il ne le fift chanceller, & quitter l'eftrieu, & par ainfi qu'il en euft receu une honte devant une fi belle affemblée.

Cette deffenfe fafcha fort à mon pere; car il fe vouloit fort faire paroiftre pour tel qu'il eftoit. Au pis aller, ne pouvant mieux, & les mains luy démangeant, il fe mit un jour fur les rangs, & comparoift fur un de fes mulets de coffre, & avec fes fonnettes il fait trois ou quatre courfes fur ledict mulet qui couroit bien, & rompt trois ou quatre lances d'une grande & belle force & roideur, & puis fe retira. J'ay ouy conter cela à ma mere, qui lors y eftoit, & fur l'efchaffaut des Dames, qui arregardoient, que quand l'on vid entrer ce Gendarme, & en tel équipage, & qu'on eut dit que c'eftoit le Seigneur de Bourdeille, elle en demeura fi fort eftonnée, qu'elle fe mit à rougir & demeurer un peu muette, & dire après qu'elle euft voulu avoir donné beaucoup, qu'il n'euft ainfi comparu, de peur qu'il ne fift quelque faute. Mais quand elle vid qu'il eut fi bien fait, elle fe raffeura, & fe refjouyt bien fort, mais bien encore plus, quand il y eut un grand Anglois fort & puiffant Gendarme, qui esbranfloit tous nos François,

& luy fut commandé par le Roy, & Madame la Régente, d'aller parler un peu à luy. Il monta foudain fur un grand courfier fort, & alla à luy. De la premiere courfe, il le fit chanceller, & luy fait toucher la lice : de la feconde, il le porta par terre tout-à-trac, dont le monde s'en esbahit fort ; car il eſtoit l'une des rudes lances de l'Angleterre : & à mon pere reſta une grande gloire.

Et pour ce, le Roy Henry le prit en ſi grande amitié, qu'il ne le voyoit pas à demy, & le mena avec luy en Angleterre, pour un mois, paſſer le temps : là-où il le menoit fouvent à la chaſſe des oyfeaux & des chiens ; & parce qu'il vid que les ſiens n'eſtoient pas des bons, ny pour la perdrix, ny pour le lievre, il luy dit, qu'il luy en vouloit bailler une demy-douzaine des ſiens, qui eſtoient bien autres en beauté & bonté, & tous noirs comme taupes. De quoy le Roy fut fort ayfe, & l'en pria de les luy envoyer quand il feroit de retour chez luy : à quoy mon pere ne faillit. Et après avoir pris congé du Roy, il luy fit préfent de deux belles boëtes d'Angleterre, & voulut qu'il fîſt mettre fes armoiries dans l'Eglife de St. Paul à Londres, fur le grand vitrail ; ce qu'il fit : & les y ay vues paroiſtre bien avec ces deux grandes pattes de griffon, qu'il faifoit beau voir, lefquel-

les mon frere d'Ardelay & moy vifmes &
remarquafmes quand nous eftions en Angleterre.

Mon pere donc eftant de retour à la Cour,
le Roy François luy fit bonne chere, & luy
demanda force nouvelles de celle que le Roy
Henry luy avoit faite, & puis luy dit : *Vous
gouverniez paifiblement le Roy mon frere.
Il n'y a que pour vous.* Mon pere luy dit :
*Ah! Chadieu, il eft vray, Sire Roy, je
le gouverne mieux que je ne vous gouverne, & l'euft encore mieux gouverné, fi
j'euffe voulu demeurer avec luy. Car il m'a
préfenté de meilleurs partis que vous ne
me ferez jamais. Mais ny moy ny les miens
ne fufmes jamais Anglois, ny traiftres.
Pour tous les biens du monde, je ne vous le
feray jamais, ny à vous, ny à mon Pays,
bien que ne me donnez pas grande occafion
de me contenter de vous.* Le Roy fe mit
à rire, & luy dit, qu'il ne tiendroit qu'à
luy qu'il ne fuft content de luy, & qu'il luy
demandaft. *Ah! Chadieu benift!* dit-il, *Vous
autres Roys vous promettez prou, quand
vous avez affaire des gens-de-bien; & puis
rien : mais que vous ayez vos petits mi-
gnons près de vous, vous ne vous fouciez de
perfonne.*

Or, mon pere eftant retourné en fa maifon, il ne faillit pas d'envoyer au-dict Roy
Henry le préfent de ces chiens noirs, qui

furent à la demy-douzaine des plus grands
& forts Efpagneuils que l'on euft fceu voir,
& des plus beaux , & des meilleurs. Il y
avoit quatre chiens , & deux chiennes, tous
couplez bien gentiment. La Souche , qui
avoit efté fon laquais de-là les monts , &
eftoit pere de Pechonpe, les mena. Ne faut
point demander comment le Roy les trouva
beaux & bons, après les avoir effayés, & en
loua cent fois mon pere. Il bailla à la Souche cinquante efcus pour s'en retourner, &
une chaifne de cinquante efcus qu'il portoit
au cou. Quand il arriva, il fe préfenta à
mon pere avec fon habillement de velours
noir, que mon pere l'avoit ainfi habillé avant
que partir; fi-bien qu'on l'euft pris pour un
Genti!-Homme ; car il eftoit de fort belle
& haute taille, & avoit encore amené une
fort belle Guilledyne à mon pere, que le
Roy luy envoyoit. J'ay ouy faire ce difcours
au bòn-homme feu Lieutenant de la Tour-
blanche, qui avoit vefcu quatre-vingts ans,
qui eftoit préfent à l'arrivée du-dict la Souche, qui faifoit fi-bien fa mine, & fe tar-
guoit & fe roguoit, (il m'ufoit de ce mot,)
qu'il ne faifoit cas de perfonne avec fa belle
cadene, & la portoit ordinairement, & difoit qu'il avoit gouverné le Roy Henry à la
chaffe, & par tout , & qu'il ne luy faifoit
que fouvent demander des nouvelles de fon
maiftre, & qu'il le defiroit cent fois près de

luy : & difoit que c'eftoit un bon Roy, & qu'il avoit vefcu tous-jours en fa maifon Royale, & avoit commandé de luy faire boire de bon vin ; car ces Gafcons, difoit-il, l'ayment autant que les Anglois, leurs anciens freres & compagnons.

Ce-dict Lieutenant me fit ce conte à propos qu'un jour, parlant & devifant avec luy, je luy dis que j'avois veu parmy les Efpagneuils de la chaffe de la Reyne d'Angleterre deux douzaines de chiens noirs, les plus beaux que je vis jamais, & que j'avois opinion que mon pere en euft tiré de-là la race des fiens. Ce bon-homme Lieutenant me repliqua : *Ah ! Monfieur, c'eft tout au rebours ; car feu Monfieur voftre pere y envoya cette race, puifqu'elle y dure encore :* & puis me fit tout ce conte de cy-deffus.

Et quand la battaille de Pavie fe donna, mon pere s'y trouva fans aucune Charge ; car il n'en vouloit pas, mais pour fon plaifir. Il y fit très-bien, comme il......

DIXIESME OPUSCULE.

ORAISON funebre de feue Madame DE BOURDEILLE, faite par moy le Seigneur de BRANTOME, son beau-frere, qui fut dicte & prononcée le jour de sa quarantaine, par un sçavant Prescheur Cordelier de Bourdeaux (1).

LA très-haute & très-vertueuse Dame JACQUETTE DE MONTBRON, Madame de BOURDEILLE, a esté extraicte de ceste grande, illustre & antique Maison de Montbron, l'une des premieres Baronnies d'Angoulmois. Encore la plus saine voix tient, qu'elle est la premiere, tant pour son antiquité, que pour les grandes alliances qu'il y a eu en ceste Maison. Si que de cette Maison est sortie une fille Reyne de Sicile, & autres Grands & Grandes, comme il se verra en la Généalogie cy-après. Aussi pour

---

(1) *On a déja vu ci-dessus, Tome II, p. 443, &c. l'Eloge de cette femme parmi ceux des Dames Illustres.*

les grands biens, Terres & Seigneuries que les Seigneurs de Montbron ont tenus ; car ils font eftez Comtes de Périgord ; encore de bon droit la-dicte Comté appartenoit à feue ma-dicte Dame. Ont eftez Vifcomtes d'Aunay, Seigneurs & Barons de Montbron, Mathas, Royan, Chef-boutonné, Maulevrier, Sainct-Megrin, Mortague, Archiac, Sertonville, & plufieurs autres Places. Et fi bon droit fuft efté gardé à la-dicte Dame, elle fuft eftée en fon vivant riche de plus de cent mille livres de rente.

Et pour éviter prolixité, & ne rechercher plus avant la généalogie de la-dicte Maifon de Montbron, comme on la pourroit monftrer de temps immémorial, je commenceray feulement, à

I. MESSIRE ROBERT DE MONTBRON, lequel efpoufa Madame Yoland de Mathas, duquel mariage vint,

II. MESSIRE JACQUES DE MONTBRON, qui fut marié avec la fille & héritiere de Meffire Regnaud de Maulevrier, & de Madame Béatrix de Cran, fille de Meffire Guillaume de Cran, Vifcomte de Chafteaudun, & de Madame Marguerite de Flandres, fille du Comte de Flandres.

III. Duquel Meffire Jacques, & de la-dicte de Maulevrier, eft iffu Meffire FRANçois DE MONTBRON, Baron du-dict lieu de Montbron, de Maulevrier, & Vifcomte d'Aunay, qui fut marié avec Madame Louyſe de Clermont en Beauvoyſin.

IV. D'où vint ARCHAMBAUD, Comte de Périgord, nepveu de ce Cardinal de Périgord, qui vint devant Poiƈtiers, traitter la paix entre le Roy Jehan, & le Prince de Gales.

V. Item, du-diƈt Meſſire François & de la diƈte Madame Louyſe, eſt deſcendu autre Meſſire FRANÇOIS DE MONTBRON, marié avec Françoiſe de Vandoſme, fille du Comte de Vandoſme.

VI. Et d'iceux eſt ſorty Meſſire EUSTACHE DE MONTBRON, qui eſpouſa la fille puiſnée du Comte de la Marche, l'aiſnée ayant eſtée mariée avec le Roy Charles V, duquel ſont venus les Ducs d'Orléans, & les Comtes d'Angouleſme, d'où ſont venus le grand Roy François, & ſes ſucceſſeurs de Valois.

VII. Du-diƈt Euſtache de Montbron & de la-diƈte de la Marche eſt venu Meſſire ADRIAN DE MONTBRON, qui eſpouſa Marguerite d'Archiac, Dame & principale héritiere du-diƈt lieu, fille aiſnée de Meſſire Jacques d'Archiac, & de Madame Marguerite de Levy, deux des grandes Maiſons d'antiquité & de richeſſes qui fuſſent en Guyenne.

VIII. D'iceluy Adrian, & de ladiƈte d'Archiac, eſt iſſu FRANÇOIS DE MONT-
BRON,

BRON, marié avec Madame Jehanne de Montpezac, fille puiſnée du Viſcomte de Chaſtillon, Monſieur le Marquis de Villars ayant eſpouſé l'aiſnée, de laquelle eſt iſſue Madame la Ducheſſe du Mayne.

IX. Du-dict Meſſire François, & de la-dicte Jehanne, vint Meſſire RENÉ, mort ſans hoirs à la bataille de Gravelines, & ma-dicte Dame JACQUETTE DE MONTBRON, Dame de Viſcomtez & Baronnies de Bour-deille, Archiac, Mathas, la Tour-blanche, & Sertonville, mariée avec feu Meſſire AN-DRÉ DE BOURDEILLE, en ſon vivant Seigneur des ſus-dictes Seigneuries, Viſcom-tez & Baronnies, Chevalier de l'Ordre du Roy, Capitaine de cinquante Hommes d'ar-mes de ſes Ordonnances, Séneſchal, Gou-verneur, & Lieutenant de Sa Majeſté en Périgord.

Entre autres belles preuves d'antiquité de la-dicte Maiſon de Montbron, je vous diray, qu'il ſe trouve par eſcrit dans les vieux Romans, comme, lors que le Roy Artus, Roy de la Grande-Bretagne, inſtitua les Che-valiers de la Table ronde, qu'on nommoit autrement les Chevalliers errants, ſe trouva une FREDEGONDE DE MONTBRON, qui, par ſa richeſſe, beauté & vertus, fut ſort recherchée des dicts Chevalliers errants, pour laquelle ils firent pluſieurs beaux exploicts d'armes. Auſſi le principal ſubjet de leur inftitution eftoit pour conquérir leurs femmes, plus par leurs beaux faicts, que par leurs richeffes & moyens; & fur-tout de fecourir les belles & honneftes Dames en leurs afflictions, fi aucunes leurs mefadvenoient.

L'on pourra dire que ce font fables que ces contes de ce Roy Artus, & des Chevalliers errants. Aucuns le difent, d'autres non. Certes, plufieurs contes s'en font, qui paroiffent un peu fables; mais d'autres paroiffent hiftoires, en ce qui contient les beaux faicts d'armes des-dicts Chevalliers, ainfi que nous en voyons aujourd'huy faire parmy nous.

Tant y a qu'il ne faut point doubter de cefte dicte inftitution du Roy Artus. Elle eft trop certaine, & defpuis s'eft fort continuée parmy les armes, & mefme du temps des braves Palladins de Charlemagne. Et bien que les-dicts contes fuffent fables, pour le moins cefte fille de Montbron, & cefte Maifon de Montbron, fe trouve en eftre de ce temps-là : & que fi elle n'y fuft eftée ny au monde, on n'en euft point parlé.

Il fe trouve que, du temps & regne du Roy Charles VI, les Anglois prindrent le Chafteau de Montbron, eftant le Seigneur en France, fervant fon Roy très-fidélement. Il revint en après, & le reprint, où s'eftoit retirée une Abbeffe de-là auprès, qui apporta toutes fes reliques, richeffes & thréfors, parmy lefquels on trouva deux grandes pieces d'or,

chafcune pefant cent efcus, où y eftoient
gravez deux hommes armez de toutes pieces,
à cheval, l'efpée à la main, avec ces mots
efcrits: VIVE LES NOBLES SEIGNEURS
DE MONTBRON & les-dictes pieces eftoient
faites & forgées, il y avoit plus de trois cents
ans d'auparavant.

Vous trouverez, au Catalogue des Marefchaux de France, un Seigneur de Montbron, Marefchal de France, fait dès la premiere inftitution.

Pour efviter la trop grande prolixité fur
les grandes louanges de cefte noble race, je
diray que tous les Seigneurs de Montbron,
de peres en fils, ont eftez tousjours eftimez
très-braves & très-vaillants Chevalliers, &
fe font faits fignaler en toutes les guerres où
ils fe font trouvez, tant aux guerres jadis de
la Terre-Saincte, que de celles de de-là & de
deçà les monts. Dont entre autres, pour parler briefvement, je ne nommeray que Meffire ADRIAN DE MONTBRON, grand-
pere de madicte Dame, qui fe trouva à la
bataille de Fournoue, lequel le Roy Charles VIII print pour l'un de fes neuf Preux
& confidents, efleus pour fe tenir près de fa
perfonne, ce jour-là, qui l'affifta très-bien
avec tous fes compagnons, & y fut fort bleffé, & mefme d'un grand coup de lance qu'il
eut au cou, dont toute fa vie il le porta un
peu tors, le moins du monde, comme on

en dit de mefme du grand Alexandre. Et defpuis, nos Roys, Charles, Louys, & François, l'advancerent pour fes vaillances, &
l'honorerent de grandes Charges ; car il fut
Lieutenant de Roy en Guyenne, & Gouverneur de la Rochelle, autant aymé & honoré
des habitants que Gouverneur ait efté.

Il fe trouve par efcrit, comme le Roy
Louys XII, ce pere du peuple, difoit, qu'il
avoit plufieurs jeunes gens favoris, qu'il aymoit fort ; mais que s'ils luy demandoient
quelque don qui foulaft le peuple, il ne les
aymeroit jamais ; & que le Seigneur de Montbron, (qui eftoit lors Meffire Adrian, & l'un
de fes favoris,) le luy avoit ainfi confeillé.
Par-là vous voyez la bonté du dict de Montbron. Il laiffa plufieurs enfants après luy,
dont l'aifné fut Meffire François de Montbron, pere de Madame dont nous parlons,
très-brave & généreux Chevallier, qui fut
Gouverneur & Lieutenant de Roy dans Blaye :
de laquelle Charge s'en acquitta tousjours
très - dignement ; & mefme en une entreprife que firent une fois les Efpagnols &
Anglois là-deffus, que, fans la valeur, con-
duitte & hardieffe du dict Meffire François
de Montbron, la - dicte Place eftoit prife
d'amblée.

Le-dict Meffire François après luy laiffa pro-
créés de fa chair, & de Dame Jehanne de Montpezac d'Agenez, une très-fage & très-vertueufe

Dame, Meſſire René de Montbron, & ma-
dicte Dame Jacquette de Montbron. Le-dict
René commença à porter les armes fort jeune, en l'aſge de ſeize ans aux guerres d'Italie
& Toſcane, quand nous la tenions ſoubs
noſtre grand Henry II. Puis, venant de là
en France, il fut Guydon de la Compagnie
de cinquante Hommes d'armes de ce grand
Capitaine Monſieur de Sanſac, à laquelle
commandant mourut à la battaille de Gravelines en Flandres, livrée entre ces deux
grands Capitaines, l'un François, & l'autre
Flamand, le Mareſchal de Termes, & le
Comte d'Ayguemond. Là mourut le-dict Meſſire René de Montbron, après avoir rendu
pluſieurs beaux faicts d'armes, en très-grande réputation & regret de ſon Roy, & de
tous les gens de guerre, pour lors eſtant
en l'aſge de dix-huict ans, laiſſant ſa ſœur
Madame Jacquette de Montbron, ſa ſeule
ſœur & héritiere, riche de ce temps-là autant
qu'héritiere aucune de la France, & très-
belle, très-ſage, & très-honneſte : peu de
temps avant mariée avec Meſſire ANDRÉ
DE BOURDEILLE, deſirée & pourchaſſée
de pluſieurs Grands de la France, de fort
bonne & grande Maiſon ; mais il l'emporta
par deſſus tous eux, autant par ſes mérites,
que pour la grandeur de ſon antique race,
de laquelle je ne m'eſtendray longuement
pour en diſcourir, & me contenteray dire

feulement, que cefte race eft des plus antiques de la France. Nos Hiftoires Françoifes
n'en font feulement mention, mais les Italiennes & Efpagnolles. Auffi vous trouverez
dans les Françoifes, & vieux Romans, que
comme j'ay dit, ne doivent eftre à rejetter,
quoy qu'on die, ou bien, il ne faut advouer
un grand Empereur Charlemagne, fes Pairs,
fes grands Barons, Palladins, & Chevalliers,
qui ont fait tant de beaux faicts d'armes contre
les Sarrazins & Infideles. Vous trouverez donc
ces vieux Livres imprimez en lettre gottique,
& efcrits à la main, comme ce grand Em-
perer Charlemagne, fe plaignant à fes Barons du peu d'affiftance que luy avoient fait
en une entreprife tramée alors des Sarrazins
contre luy, il dit, que, fans le grand & bon
fecours que luy donna YVON DE BOUR-
DEILLE, il eftoit très-mal. On trouve force
tiltres de ceft Yvon encore dans le Thréfor
du Chafteau de Bourdeille.

Les Hiftoires Italiennes & Efpagnolles par-
lent d'un ANGELIN DE BOURDEILLE,
qui fut commandé par l'Empereur d'aller reconnoiftre les ennemis, la vigile de la bataille de Roncevaux, où il fut tué, & fort
regretté de l'Empereur & des fiens. L'Hiftoire le met au rang des Palladins, qui n'eftoit pas peu de chofe de ce temps-là, & après
les Pairs, marchoient les premiers, & te-
noient grand lieu. Cefte Hiftoire fe trouve

dans un vieux Livre Italien nommé *Mor-gant*, & un Roman Espagnol qui s'intitule : *El Suceſſo de la battalla de Roncesvalles*, & un autre qui s'intitule : *El Espéjo de Cavalleria.*

Pour laiſſer ces antiques Hiſtoires, un HELIAS DE BOURDEILLE ſe croiſa en la premiere ſainéte guerre, & y mourut, dont le teſtament ſe trouve encore au Thré-ſor de la Maiſon.

Et pour deſcendre aux plus récents, un ARCHAMBAUD & ARNAUD DE BOUR-DEILLE, ſervirent fort bien leurs Roys de France encontre les Anglois; & meſmes Ar-naud & JEAN DE BOURDEILLE, ſon tiers frere, (qui s'en alla après aux guerres de Naples d'alors ſous Charles, Duc d'An-jou, & ſi acaza,) accompagnerent touſjours ce grand ſoudre de guerre, le Baſtard d'Or-léans, à chaſſer les Anglois de Guyenne, & furent faits Chevalliers devant Fronſſac avec pluſieurs autres : & puis Arnaud fut créé par le Roy ſon Séneſchal & Lieute-nant-Général en Périgord. Il s'en acquitta très-dignement : & avoit pour lors ſon frere le CARDINAL DE BOURDEILLE, qui fut un Prélat de très bonne & ſainéte vie, qui, pourtant, ſaiſi par trop de ſuperſtition vaine & reſveries du temps paſſé, ne fit jamais de bien à la Maiſon ; eſtant de ceux qui diſent qu'il valoit mieux faire du bien aux pauvres, qu'à ses parents. Auſſi le-dict Arnaud ne s'en ſoucia gueres : car il eſtoit un très-riche & très-puiſſant Seigneur, tant d'antiquité , & de ſes biens , que par ſes ſervices, debvoirs, & beaux faicts d'armes.

Et pour faire fin , ſans tant rechercher de ſi loing , Meſſire ANDRÉ DE BOUR-DEILLE fut fils de Meſſire FRANÇOIS DE BOURDEILLE, (1) qui, en ſes jeunes ans, ſe fit tant ſignaler au Royaume de Naples, à la journée du Garillan, ſoubs ce grand Mon-ſieur de Bayard , où il fut fort bleſſé , les Hiſtoires le prouvent, & puis à la bataille de Pavie. Et pour ce , le-dict Meſſire André de Bourdeille, ne voulant en rien dégénérer de ſon brave pere & ſes prédéceſſeurs, eſ-tant fort jeune , ſe mit à la guerre de fort bonne heure. Il fut du temps du Roy Fran-çois, aux guerres de Landrecy, de Marol-les, du camp de Jalon & de Boulogne; du regne du Roy Henry, à la guerre d'Eſcoſſe, au voyage d'Allemagne , & ſiege de Metz, & puis a eſté priſonnier dans Heſdin, & de-meura ſix ans priſonnier en Flandres , d'où n'en ſortit qu'après la trefve faite entre l'Em-pereur & le Roy: & la guerre Eſpagnolle ſe recommençant, il continua touſjours les

---

(2) *On a vu ci-deſſus*, Opuſcule IX, *un* Frag-ment de ſa vie.

eftrangeres, & aux civiles, fervit très-fidélement tous fes Roys, & mefmes aux battailles de Jarnac & Montcontour, ayant charge de cinquante Hommes d'armes, & eft
mort Chevalier de l'Ordre, Lieutenant de
Roy en Périgord, fon Sénefchal, & Gouverneur, avec beaucoup de réputation d'eftre mort fort pauvre au fervice du Roy. Il
eftoit, du cofté de fa mere, Madame Anne
de Vivonne, allié fort eftroiĉtement de la
Maifon de Bretagne, Savoye, & de Nemours.
Cela fe peut monftrer au doigt, fans grande
prolixité. A tant, c'eft affez parlé de luy, &
de fa race. Car noftre thefme & principal fubjet, tend plus à Madame de Bourdeille, pour
laquelle cefte noble & faincte cérimonie fe
célebre aujourd'huy en fa digne commémo-
ration.

Pour parler donc de Madame D E Bour-
DEILLE, elle fut en fon vivant une Dame
très-accomplie & de corps & d'ame. Du
corps, ce fut une des belles Dames de France, ainfi jugée par les Grands & Grandes à
la Cour, & en tous les lieux où elle a comparu. Son vifage très-beau, remply de tous
les beaux traits de la face & des yeux que
peut loger une beauté. Sa grace, fa façon,
fon apparence, fa riche & haute taille, &
fur-tout fa belle majefté, fi que par-tout on
l'euft prife pour une Reyne, ou grande Princeffe. Auffi eftoit-elle extraicte de fi haut

D v

lieu, qu'elle en pouvoit bien tenir; laquelle, à cause de la fille de la Marche, mariée en sa Maison, comme j'ay dit, avoit cet honneur d'appartenir à ceux d'Orléans, d'Angoulesme, de Bourbon. Aussi feu Antoine de Bourbon, Roy de Navarre, se contentoit bien de l'appeller sa cousine : le Roy d'aujourd'huy, & Madame sa sœur, en ont fait de mesmes. Elle est morte tante (à la mode de Bretagne, à cause de la Maison de Mareuil,) de Monsieur de Montpensier, qui est aujourd'huy. Bref, la grace & majesté paroissoient en ceste Dame de toutes façons.

Aussi la Reyne Mere derniere, pour mieux embellir sa Cour, la prit à son service pour l'une de ses Dames, & la chérit bien fort. Elle vesquit en sa Cour avec une belle & illustre réputation : non qu'elle s'y voulut par trop assiduer, ny assubjectir; desirant plus eslever sa belle & noble famille, que séjourner à la Cour tant comme d'autres font.

Elle fut très-belle en son printemps, très-belle en son esté, & très-belle en son automne : & si de son temps les Chevalliers errants eussent eu vogue, elle eust bien fait reluire plus leurs armes, que n'avoit fait jamais sa prédécesseresse Fredegonde de Montbron, pour l'avoir à femme.

Avant qu'elle tombast en sa maladie, qui luy a duré & tenu sept mois jusqu'à son décès, elle parroissoit aussi jeune & belle com-

me en son esté, bien qu'elle soit morte en
l'asge de cinquante-six ans. Et ne faut point
doubter que, si elle eust vescu encore dix
ans, sa beauté ne s'en fust nullement effacée,
tant elle estoit de bonne & belle habitude,
& prédestinée à toute beauté, qu'elle a laissé
à Messieurs ses enfants, & sur-tout à Mesda-
mes & Damoiselles ses filles, comme à Madame la Comtesse de Dhurtal, à feu Madame la Viscomtesse d'Aubetterre, à Madame
d'Ambleville, & Madamoiselle de Mathas,
très-belles, très-sages Dames & filles.

Pour Messieurs ses enfants, leurs belles
armes qu'ils ont fait valoir jusques icy en
leur jeune asge, font bien paroistre ce qu'ils
sont & seront un jour, la vraye semblance &
imitation de leurs peres, grands-peres, ayeulx,
& leurs antiques prédécesseurs, tant du costé
du pere, que de la mere, si qu'ils se peuvent dire & vanter extraicts, de l'un & de l'autre costé, de deux aussi grandes Maisons qu'il
en ait en France. Aussi en ceste honneste Dame, est finie le vray chef & la vraye branche
de Montbron : car tous ceux qui en portent
aujourd'huy le nom, en sont d'une autre branche, long-temps séparée de la premiere &
de la grande.

Pour parler de l'ame de ceste illustre Dame, qui l'a connue, jugera avoir esté une
des accomplies de la France. Elle estoit sage
& fort vertueuse, & sur-tout très-bonne, ay-

mant fort fon peuple ; & jamais ne le foula ,
ains foulagea tousjours. Il le peut bien tef-
moigner. Elle avoit l'efprit fort bon & fubtil , & le jugement fur tout ferme & folide ,
qui ne fe rencontrent pas tousjours en un
mefme fubject. Elle parloit fort bien , & avec
de très-beaux termes , & de toutes chofes,
foit de Théologie & d'Hiftoires. Elle efcri-
voit très-bien & fort éloquemment. Plufieurs
lettres qui fe trouvent d'elle , efcrites aux
plus grands & grandes, aux moyens & moyen-
nes, communs & communes perfonnes, en
font foy : quelque fubjet qu'elles traictent ,
foit guerres , affaires , & de toutes fcien-
ces, bref, de toutes chofes ; car elle n'igno-
roit rien : & fon entretien eftoit très-beau ,
& tousjours plein de beaux difcours & paroles.

Elle a fait & compofé de très-belles Poë-
fies, & d'autres belles chofes en profe, qui
fe voyent & fe trouvent en fon cabinet parmy fes Livres, de la lecture defquels elle eftoit très-curieufe , & s'y addonnoit ordinairement, & jour, & nuict. Elle parloit & entendoit bien la langue Efpagnolle & Italien-
ne , & quelque peu le Latin.

Sur tous les Arts, elle ayma fort la Géo-
métrie & Architecture , y eftant très-experte
& ingénieufe, comme elle a bien fait paroiftre en ce fuperbe édifice & belle maifon de
Bourdeille , qu'elle fit baftir de fon invention

& feule façon, qui eft très-admirable. Auffi
Salomon dit , que la fage & honnefte femme, faut qu'elle baftiffe fa maifon. Tousjours
elle a fait baftir & remuer pierre en toutes
fes maifons, eftant tousjours affidue en quelque belle action , comme à fes ouvrages,
aufquels elle fut fort induftrieufe & labou-
rieufe , & fur-tout en ceux de foye , d'or &
d'argent , qu'elle aymoit plus que tous autres. Auffi de grandeur à grandeur, il n'y a
que la main.

Elle fut une grande & fage œconome ,
comme elle a fait paroiftre ; car fon mary la
laiffa endebtée de deux cents mille francs, à
caufe des debtes qu'il avoit fait pour le fervice du Roy. Elle eft morte defendebtée
quafi du tout, ayant laiffé à fes enfants de
quoy à fe defendebter du refte, qui eft peu.

Et bien qu'elle fuft fi bonne œconome &
mefnagere , elle eftoit très-libérale : car elle
n'eftoit jamais à fon ayfe, fi-non quand elle
donnoit, difoit-elle, & comme on l'a veu
très-fplendide ; auffi ne voulant fe retrancher
de fa grandeur , tenant une grande maifon
tousjours fans fuperfluïté pourtant.

Son mary la laiffa veufve en l'afge de tren-
te-fix ans venant au trente fept, très-belle &
très-riche de fon cofté, & garnie de quatre
belles maifons, très-fort honnefte & defirée,
autant pour fes vertus & beauté, que pour
fes richeffes , & recherchée de fix ou fept

Grands de la France, aufquels ne voulut jamais entendre, non pas feulement d'ouyr parler de ce feul mot de fecond mariage, tant elle porta de révérence aux cendres de fon feu mary, & à fes petits enfants mineurs, lefquels luy doivent une obligation immortelle, & font tenus à jamais de la regretter, & prier Dieu pour elle, & pour fon ame : autrement, ne faut doubter qu'il ne les en puniffe ; car il faut croire que, fi elle fe fuft remariée, ils n'auroient les biens qu'ils ont.

Auffi où fe trouve-t-il de telles Dames veufves, fi vertueufes, & fi généreufes, que pour folemnifer la perte du mary, & ne perdre la grandeur de fa Maifon, mena cefte vie retirée de fecondes nopces ? Monftrant en cela un grand & généreux cœur, comme certes elle l'avoit tel en fon vivant, le monftrant grand & haut parmy les Grands, & humble envers les petits.

Un de ces ans, durant ces guerres dernieres, il y eut un Grand, qui eft mort, qui la menaça de l'aller affiéger en l'une de fes maifons, & y mener le canon. Elle fit refponfe, qu'elle eftoit extraicte en partie de cefte grande & généreufe Comteffe de Montfort, qui endura fi vertueufement le fiege dans Annebon ; & tenant d'elle, & de fon cœur, qu'elle l'attendroit en fa maifon, de mefme vertu & courage.

Tant qu'elle a efté malade l'efpace de

fept mois, de la maladie, dont elle eſt morte; fon bon courage l'a touſjours entretenue
& fupportée juſques à la fin, bien qu'elle en-
duraſt beaucoup de douleur, ne faiſant jamais priere à Dieu qu'il luy donnaſt fanté,
mais feulement de la patience : & n'en pouvant plus, & fes forces venant à faillir, elle
rendit l'ame à Dieu de la plus douce mort
qu'on vid jamais mourir perfonne : car on la
tenoit efvanouye, comme le jour avant elle
eſtoit tombée en trois fincoppes; & tournant
les yeux en la teſte, auſſi beaux & doux que
jamais, trefpaſſa fi doucement, qu'on ne la
vid jamais faire aucune mine affreufe, ny geſte
effroyable, mais fi doux & immobile, qu'on
ne luy vid jamais remuer, ny bras, ny pieds
ny jambes, ny teſte; fi qu'on ne la penfoit
pas morte. Mort douce, certes, digne de fa
douce vie. En quoy Dieu l'exauça en fes
prieres; car bien fouvent en fa plus grande
fanté, & fes beaux difcours, dont elle n'eftoit jamais defpourveue, elle fouhaitoit &
prioit touſjours Dieu, de luy envoyer une
mort très-douce, & nullement hydeufe, hor-
rible, & affreufe, comme elle en avoit veu
mourir plufieurs. Ce qui a eſté une grande
bénédiction de Dieu & figne aſſez évident
que Dieu l'a receue en fon fainct Paradis.

ONZIESME OPUSCULE.

TOMBEAU de Madame DE BOURDEILLE, en forme de Dialogue, fait par son frere DE BRANTOME, qui parle avec elle, & elle respond.

BRANTOME.

FAUT-IL donc que je reste, & que soyez allée,
MADAME, devant moy là-bas en la vallée
Des Esprits bien-heureux, d'où plus on ne revient;
Encore ne sçait-on ce que l'ame y devient?

MAD. DE BOURDEILLE.

Si vous estes resté, n'en soyez en pensée:
FRERE, c'est fait de moy, la chance en est passée.
Dieu l'a ainsi voulu, qui nous oste, & nous met
En tel lieu qu'il luy plaist, & de nous se démet.

B.

Dites-moy donc, pour Dieu, quelle est vostre demeure
En cet autre beau monde? Y est-elle bien seure?

Quels plaifirs y a-t il? Quelle en eft la vraye foy,
Sans que je m'en arrefte à ce qu'en dit la loy?

M<small>AD.</small> <small>DE</small> B.

Les ames icy bas heureufement y vivent,
Après la mort du corps, renaiffent, & revi-
vent;
Et contentes n'ont plus de crainte ny foucy,
Sont franches de tout mal. Ainfi je vis icy.

B.

Je le veux ainfi croire. Et où eft la promeffe,
Que me faifiez icy, de fi grande fermeffe,
Eftans en nos douceurs, de nous venir re-
voir,
Si mourriez la premiere, & me le faire voir?

M<small>AD.</small> <small>DE</small> B.

Ce font des difcours vains, qu'on fait en nof-
tre vie,
Moins pleins de vérité qu'ils font de fantaifie.
Les Efprits bien-heureux ne s'en vont d'icy bas,
Quand ils font une fois arreftez du trefpas.

B.

Et les Anges du Ciel defcendent bien en terre,
Voletent parmy nous, & tournent à grand
erre,
Là-haut en leur manoir, conter ce qu'on y
fait:
Pourquoy n'en fait de mefme un efprit tout
parfait?

MAD. DE B.

Dieu ne l'a pas permis; car il veut que l'on
    croye
Ce que fon fils a dit, & que par foy l'on voye
Noftre félicité, qu'on doit repréfenter
Par les yeux de l'efprit, fans d'ailleurs le
    tenter.

B.

Ah! qu'un Payen fubtil vous pourroit bien
    refpondre
A vos belles raifons, & mefme les con-
    fondre,
S'il ne vouloit s'ayder des Vers Virgiliens,
Qui nous forment fi beaux vos Champs Ely-
    fiens.

MAD. DE B.

Un Mefcroyant croyra ce qu'il voudra mal
    croire;
Mais il ne peut ofter par fes raifons la gloire,
Qu'ont les ames d'icy en leur félicité,
Jouiffantes à plein de l'immortalité.

B.

Où eft cefte beauté, dont eftiez admirée
Si fort de par·deçà, & du monde adorée,
Raviffant un chacun, cefte taille & ce port;
Cefte grand'majefté, ce gefte, & ceft abord?

M AD. D E B.

Cefte humaine beauté eft du tout effacée,
En une autre plus belle elle eft du tout
    changée.
Vos beautez ne font rien icy-bas parmy nous :
Nous avons d'autres yeux, & des regards
    plus doux.

B.

Je ne croy pas cela. Vous eftiez par trop belle,
Quand vous eftiez icy, pour changer de mo-
    delle :
Ou bien le Ciel vous a changée tout exprès,
Luy oftant fa clarté, l'approchant de trop près.

M AD. D E B.

Je me contente affez que j'aye fa lumiere,
Qui me donne au vifage, & me fens plus
    entiere
En mes beautez aftheure (1), & me décore
    plus,
Que les yeux que j'avois mondains & fuperflus.

B.

Je ne m'eftonne plus, fi faites peu de compte
De nous venir revoir, puis que l'heur qui
    vous dompte,

---

(1) *Pour* à cette heure. *Expreſſion, ou mauvaiſe
orthograghe, aſſez ordinaire du temps de* Brantome.

Eſt un heur non-pareil, & vous tient telle-
    ment,
Que ne faites de cas plus de nous autrement.

Mad. de B.

Frere, j'abhorre tant ma demeure premiere,
Comme j'eſtime autant ma demeure derniere.
L'une de tout bien pleine, & l'autre de tout
    mal,
Que je m'arreſte icy ſur mon deſtin fatal.

B.

Invoquez donc pour moy la divine Puiſſance,
Le Ciel, les bons Démons, des aſtres l'in-
    fluence,
Que je ſorte bien toſt de ce faſcheux ſéjour,
Et que j'aille revoir encore voſtre beau jour.

Mad. de B.

En cela ne ſe peut contenter voſtre envie;
Car vous eſtes eſcrit dans le Livre de vie,
Dès le commencement que le monde fut fait.
Ce qui eſt arreſté ne peut eſtre refait.

B.

Pourquoy ne puis-je aller contre ceſte or-
    donnance,
En me donnant la mort? Ma propre violence
Me peut faire jouyr bien-toſt de vos beaux
    yeux.
Je ne fais que languir : le mourir eſt mon
    mieux.

MAD. DE B.

Ne faites pas cela. Qui fort fans la licence
De Dieu hors de fa place, il commet gran-
    de offence,
Il gagne fon Enfer. Eftant-là deformais
Faudroit dire l'adieu, pour ne me voir jamais.

B.

Rien donc que cela feul n'empefche le paf-
    fage
De la mort par moy-mefme, & ne me fafle
    outrage ;
Car je ferois damné, & par ainfi privé
De vous voir en cet heur qui vous eft arrivé.

MAD. DE B.

Vivez doncques, vivez, tant que la deftinée
Voudra rouler vos jours. Puis, eftant de-
    bornée,
Venez nous voir icy, Frere, je vous attends.
Vos defirs & les miens en feront plus con-
    tents.

B.

Puis donc, qu'il me faut vivre ainfi par la
    contrainte,
Madame, donc adieu : je finis ma complainte.
Je ne finis pourtant mes foupirs, ny mes
    pleurs,
Ny finiray pour vous à jamais mes douleurs.

DOUZIESME OPUSCULE.

Autre TOMBEAU *de Madame* DE BOUR-
DEILLE, *fait par son mesme dict Frere.*

PASSANT, arreste-toy un peu, je te prie,
& t'amuse à voir & admirer ceste tombe,
bien qu'elle ne soit construite d'aucune excellente matiere, ny de grand artifice, comme tu vois. Mais dedans y gist un corps de
très-haut prix.

Icy gist donc la très-haute, puissante, noble & illustre Dame JACQUETTE DE MONT-
BRON, issue de cette grande, riche, & ancienne Maison de Montbron, premiere Ba-
ronne de l'Angoulmois, du costé du pere;
& de la noble & ancienne Maison de Montpezac d'Agenès, du costé de la mere.

Elle fut femme de Messire ANDRÉ DE
BOURDEILLE, de ceste grande aussi & ancienne race de Bourdeille, en son vivant
Chevalier de l'Ordre du Roy, Capitaine de
cinquante Hommes d'armes, & Lieutenant
du Roy en Périgord.

Elle fut l'une des Dames fort favorite de
la Reyne-Mere de nos Roys.

Elle fut Dame de Bourdeille, Mathas,

Archiac, la Tour-blanche & Sertonville : cinq
Maiſons de très-grande marque.

Toutes ces qualitez ne ſont rien ; car ce
ſont biens de la fortune, qui tombent communément à pluſieurs perſonnes. Celles que
je vais dire, ſont autres.

Ce fut une des belles Dames de la France
en ſon printemps, ſon eſté, & ſon automne.
Son beau viſage, & ſes beaux yeux ſur-tout,
en faiſoient la foy, avec ſa belle & riche
taille, ſa grace, ſa façon, ſon port, & ſon
abord, & ſa majeſté, qui la parangonnoit à
une Reyne. Auſſi de ſon eſtre en eſt-il ſorty
une Reyne de Scicile. Toutes ces beautez,
en ſon temps, ne l'ont rendue moins admira-
ble que déſirable.

Ce n'eſt encore rien que tout cela. Elle
eut une ame très-belle, un grand eſprit, un
jugement ſolide, qui peu ſe rencontrent en
un meſme ſubject ; fut ſçavante en toutes
Sciences, fut bien parlante en très-beau termes, bien & diſertement eſcrivante de toutes choſes, fort remplie de beaux diſcours
& entretiens ; fut fort ſage, vertueuſe, gé-
néreuſe, magnanime, ſplendide, & très-libérale.

Voicy choſe rare : fut veufve à l'aſge de
trente-ſix ans, belle, jeune, riche, déſirée &
recherchée de tout un monde, & ſe contint
tousjours pourtant en ſa viduïté ſeize ans &
plus, au bout deſquels mourut d'une mort

très-douce, comme elle avoit tousjours defi-
ré, en fon Chafteau d'Archiac, le 28 Juin
1598, regrettée à toute outrance de toutes
perfonnes qui l'avoient connue, & qui en
avoient ouy les louanges. Elle n'eftoit qu'à
fon demy-automne, autant belle, & de
corps, & d'ame, que jamais; mais fon deftin alors fans aucune apparence la nous ravit.
Que maudict foit le deftin !

Voilà, Paffant, ce que d'elle je vous en
puis dire pour ce coup, le plus grandement,
& le plus briefvement. Mets-le en ta mémoire, & puis va racontant par-tout où tu
paffèras, que tu as icy veu & laiffé un corps
d'une Dame icy gifante, en fon vivant l'une
des plus accomplies & parfaites Dames de
la France.

TREIZIESME

TREIZIESME OPUSCULE.

ÉPITAPHE ou TOMBEAU de Madame D'AUBETERRE, ma Niepce, fait par moy DE BRANTOME, en forme de Dialogue, l'Oncle & la Niepce parlants.

L'ONCLE.

Au·lieu de beaux œillets, de lys, & rofes
 tendres,
Je vous offre mes pleurs, mes larmes, mes
 fanglots :
Au·lieu d'un marbre beau, pour en couvrir vos cendres,
Je vous offre mes yeux, pour arroufer vos os.

LA NIEPCE.

Mais pluftoft que pleurer, & des larmes ré-
 pandre,
Jettez à pleins paniers fur mon trifte tombeau,
Rofes, lys & œillets. J'yray tant mieux def-
 cendre,
Et tant plus doucement, là·bas en ce champ
 beau.

Tome XIV.   E

L'ONCLE.

Mais qui eſt-il celuy, fuſt de fer, fuſt de
  roche,
Qui vous ayant perdu, ſi parfaite en vertus,
Songeant à un tel deuil d'une perte ſi proche,
Ne creve de pleurer, & n'ayt les ſens perdus?

LA NIEPCE.

Tant de pleurs me ſont vains, & tant de lar-
  mes vaines,
Ores que j'ay mes yeux ſillez pour deſormais.
C'eſt bien pour appaiſer les perſonnes hu-
  maines,
Mais non les Déïtez, qui n'en veulent jamais.

L'ONCLE.

Au moins, ſi je pouvois, par bonne deſtinée
De la mort qui me prinſt, vous oſter de là-bas.
Ah ! qu'il me ſeroit doux n'attendre pas
  l'année,
Non pas un ſeul moment, pour aller au treſpas.

LA NIEPCE.

Cela ne ſe peut pas. Le ſouhait s'en envole,
Et ne vous ſert de rien. Pourquoy réſolvez-
  vous
N'aller encontre Dieu, & changez de parole,
Ou bien de ſupporter un repos qui m'eſt
  doux.

L'ONCLE.

Doux vous eft-il bien ! Ainfi je le veux croire
Par vos mefmes propos que m'avez dit fouvent
Enfemble en nos difcours, & que pour telle
  gloire
Vous vouliez triompher fans aucun tardement.

LA NIEPCE.

Souvent vous l'ay-je dit. Souvent m'avez re-
  prife
De fi fafcheufe humeur. Vous l'appelliez ainfi.
Mais aux tourments humains j'eftois trop
  bien apprife ;
Et pour m'en garantir, je voulois eftre icy.

L'ONCLE.

Encor, s'il fe pouvoit, par quelque art vous
  refaire,
Ou vous faire fortir de ce lieu ténébreux,
Et vos membres poudreux en tel art vous
  portraire,
Que je puiffe revoir les traits de vos beaux
  yeux !

LA NIEPCE.

Cefte curiofité, mon oncle, n'eft pas pie,
Et Dieu encontre vous s'en pourroit irriter.
Si vous m'avez aymé, ceffez-là, je vous prie,
Et mes manes laiffez ici-bas habiter.

E ij

L'ONCLE.

Mais quoi ! ma chere Niepce. Eh ! faut-il que
    je vive,
Après vous ainſi morte, & que j'aille ici haut
Traiſnant mes jours ſans vous, & que je vous
    ſurvive ?
Non, non, il faut mourir, de vivre ne me
    chaut.

LA NIEPCE.

Je ne ſuis pas, mon Oncle, encor toute morte ;
Car je veux que mon ame aille en vous vo-
    letant,
Et y faſſe maints tours : ſi que feray en ſorte,
Que la voſtre verra luy paroiſtre ſouvent.

L'ONCLE.

Mais où ſera ce ciel, & ceſte belle face,
Ceſte belle façon, & ceſte Majeſté,
Ce beau corps, ce beau port, ceſte naïve
    grace,
Ce doux & beau parler tout plein d'honneſ-
    teté ?

LA NIEPCE.

Cher oncle, en tout cela, perdez-y voſtre
    attente :
Il n'en faut plus parler. Le Ciel m'a tout oſté,
Pour en orner ſon ſiege. Il faut que me con-
    tente
De ce que fais aſtheure, & ce que ſuis eſté.

L'ONCLE.

Hé-quoi ! Le Ciel ainfi prend-il ces belles ames ?
Ne fe contente-t-il pas de fes luifants flam-
　　beaux,
Sans nous defenlever tant de parfaites Dames,
Pour encore y admettre autres aftres nou-
　　veaux ?

LA NIEPCE.

C'eft tout ainfi qu'on voit une belle pucelle,
Avarement cueillir de fa blanchette main
Force nouvelles fleurs pour paroiftre plus
　　belle,
Et parer fes cheveux, fa tefte, & fon blanc
　　fein.

L'ONCLE.

Encor fi vous euffiez comply quelque long
　　afge !
Mais fur vos plus beaux ans, cefte fiere
　　Atropos
Vous a ravy fi-toft, vous mettant au paffage
De ce fafcheux Caron, fans droit, ny fans
　　propos.

LA NIEPCE.

Qu'y feriez-vous, cher Oncle ? ainfi, ainfi
　　périffent
Les belles jeunes fleurs en leur plus beau
　　printemps,

E iij

Les roſes n'ont qu'un jour, qu'auſſi·toſt ne
 fanniſſent.
Ainſi jeune je ſuis la proye de ce temps.

L'ONCLE.

Hé, mon Dieu! qui m'oſtera de voſtre longue abſence
Le ſoucy que j'en porte, & porteray tousjours?
Mon Dieu! je ne voy point aucune appa-
 roiſſance
De pouvoir donner joye à mes langoureux
 jours.

LA NIEPCE.

Cher Oncle, vous avez ma très-honneſte mere,
Et mes trois bonnes ſœurs des quatre ayant
 eſté,
Mes freres, & ma fille : en leur ame très-
 chere
Vous ont tousjours aymé, & grand honneur
 porté.

L'ONCLE.

Vous dites vrai, ma Niepce. Auſſi j'en prends
 créance.
Qui eſt le meſcroyant qui n'en veut s'aſſeurer?
Pourtant je veux en moy avoir la ſouvenance
De voſtre belle idée, & tousjours l'honorer.

LA NIEPCE.

Le voulez-vous ainſi ; puis donc que la pre-
    miere,
Cher Oncle, je m'en vais au champ Elyſien,
Je feray là pour vous quelque bonne priere ;
Et quand vous y viendrez, nous en cauſe-
    rons bien.

L'ONCLE.

Et cependant je vis, en deſpit de ma vie.
Je vis les jours ſi longs, malheureux que je
    ſuis,
Que vous deviez ſurvivre ! Hé faut-il que
    l'envie
Me retarde le bien qu'à bonheur je pourſuis ?

LA NIEPCE.

Mais bien mieux, mon cher Oncle, afin que
    puiſſiez vivre
Encor plus longuement, vivez très-bien vos
    jours :
Vivez encor les miens, ne vous pouvant ſur-
    vivre,
Sans aucuns longs travaux, ny peines, ny
    détours.

L'ONCLE.

Puis donc que le voulez, je m'en vay donc
    contraindre
A ce vivre faſcheux ; mais ce n'eſt pour autant
              E iv

Que par fournir mes jours à vous tellement
    plaindre,
Que je vis feulement vous feule en regrettant.

LA NIEPCE.

Pour Dieu, mon très-cher Oncle, achevez
    voftre plainte,
J'en fens en moy troubler ma joye & mon
    repos :
Pour vous voir fi dolent j'en fens mon ame
    atteinte.
Ce n'eft ce que demande un corps icy enclos.

L'ONCLE.

Adieu donc, Madame. Ainfi que je vous
    donne
Mes larmes & mes pleurs, je voudrois vous
    donner
Mes yeux pour ne voir plus fans que je leur
    pardonne,
Pour vous pleurer fans ceffe, & rien qu'un
    deuil mener.

QUATORZIESME OPUSCULE.

Autre TOMBEAU *en profe, pour ma-dicte* Dame D'AUBETERRE.

Passant, je te voy tout penfif, comme un qui veut fçavoir de qui eft ce fépulchre, & quel noble corps il peut enclorre. Je te le vais dire, pour t'en ofter d'efmoy.

Je fuis icy giffante, en mon temps cefte belle RENÉE DE BOURDEILLE, iffue du cofté du pere de cefte noble & ancienne Maifon de Bourdeille, & de celle de Montbron touchée de mefme marque noble du cofté de la mere.

Je fus femme de Meffire DAVID DE BOUCHARD, Chevalier fort renommé, à moy pourtant peu efgal. Je luy fus très-loyalle en mariage. Je le fus encore en veufvage : car luy mort, je ne voulus le furvivre, fans fa fille, qu'il me laiffa en bas afge ; & pour l'amour d'elle, je voulus maugré moy encore vivre trois ans, après lefquels je fus contente que la trifteffe m'achevaft & m'oftaft de cefte vie ; bien que j'euffe affez de quoy pour la defirer, fi j'euffe voulu : car on me donna le los en mon vivant d'eftre l'une des plus

E v

accomplies Dames de la France, fuſt pour la beauté du corps, fuſt pour la beauté de l'ame, qui me firent fort deſirer de pluſieurs honneſtes gens d'une recherche de ſecond mariage. Je n'y voulus jamais entendre, pour reporter au Ciel à mon mary la foy à luy donnée, & ſi bien gardée en terre.

Adieu, Paſſant. Dis, en te retirant, à ceux qui t'enquerront de moy, que toutes les plus grandes beautez, & les belles graces, & toutes les perfections qui ont eſté avec moy autrefois, ne me ſont rien au prix de la félicité dont maintenant je jouys. Je mourus en ma trentieſme année, le huictieſme de Septembre, l'an 1593.

Je romps icy ma plume, & à jamais je ne trace plus de Vers, que j'avois quitté deſpuis vingt ans, comme il paroiſt à ma groſſiere rime, & qui ſent ſon antiquité à pleine gorge. Mais pour honorer la mémoire de ces honneſtes Dames, je me ſuis advanturé d'eſcrire cecy tellement quellement. Auſſi dès-lores je prends congé des Muſes, & leur dis adieu pour jamais. Qui aura bien connu ces Dames, des belles & des honneſtes du monde, (il faut que la vérité m'en faſſe ainſi parler) pourra dire me ſçavoir bon gré, ſi pour elles j'ay fait tels regrets.

QUINZIESME OPUSCULE.

*NOMBRE & ROLLE de mes Nepveux,
Petits-Nepveux, ou Arriere-Petits-Nep-
veux à la mode de Bretagne, que moy
BRANTOME je puis avoir, & que j'ai
fait aujourd'huy 5 Novembre M. DC. II.*

PREMIÉREMENT, mes deux nepveux,
Mrs. le Viſcomte de Bourdeille, & le Ba-
ron de Mathas, enfants de Monſieur de
Bourdeille, mon frere aiſné.

Meſſieurs de St Bonnet (*) & d'Ambleville (**), qui ont eſpouſé mes deux niepces,
Iſabeau & Adriane de Bourdeille, filles de
mon-dict Sieur frere aiſné; bien que je ne
mette gueres en compte M. d'Ambleville,
deſpuis que, de gayeté de cœur, il s'eſt diſ-
trait de mon amitié, & ſans ſubject.

Monſieur d'Aubeterre, pour avoir eſpouſé
ma petite niepce, fille de Madame Renée de
Bourdeille, ma niepce, Dame d'Aubeterre,
l'accomplie du monde.

(*) Léonard d'Eſcars, Sieur de St. Bonnet.
(**) Juſſac d'Ambleville.

E vj

Meſſieurs de la Chaſtaigneraye l'aiſné, dict Mr. d'Ardelay ; le ſecond, Mr. de la Barde ; le troiſiefme, Mr. le Baron d'Ehoulmes, fils de feu Mr. de la Chaſtaigneraye, mon couſin germain, à cauſe de ma mere : & Meſſieurs de Chalandray, de Boyrogue, de la Maiſon d'Argenton & le Comte de Chaſteauroux ; ayant tous trois eſpouſé les trois ſœurs de leurs ſus-dicts trois freres. Elles ſont dignes de leurs freres, & leurs freres dignes d'elles.

Du mariage de Madame Chalandray, autrement dicte Madame de Fontaines, ſont ſortis deux enfants ; l'un le Baron de Chalandray, & l'autre le Sieur de Beaumont.

Des autres deux filles n'eſt encore ſorty de fils, pour n'avoir long-temps qu'elles ſont mariées.

Du mariage de Madame de Raiz, ma couſine germaine, à cauſe de ma mere, & Madame de Dampierre, ſœurs, ſont ſortis : le Marquis de Belliſle, qui fut tué en ces guerres dernieres, à une entrepriſe qu'il fit ſur le Mont de Sainct-Michel : Mr. l'Eveſque de Paris ; Mr. l'Abbé de Sainct-Albin ; & Mr de Dampierre, qui ſe nomme encore ainſi, bien que la place ſoit vendue : autres le nomment Mr. le Général des Galeres, eſtat certes très-beau & très-grand.

Les filles de ma-dicte Dame de Raiz ſont Meſdames de Vaſſé, de Criq, & de Raigny.

Ma-dicte Dame la Marquise de Magnelay est restée veufve du Marquis son mary, luy estant demeurée une fille pour asseuré. Son petit frere estoit mort. Mrs. de Vassé, de Criq, & de Raigny, vivent, qui peuvent avoir des enfants, & en auront ; car elles sont fort jeunes.

De Mr. le Marquis de Bellisle & sa femme, de la Maison de Longueville, maintenant réduicte par sa bonne volonté & dévotion au Monastere des Descalses à Tolose, est resté un petit fils, qui promet beaucoup de luy, dict Mr. le Marquis de Bellisle, comme le pere.

Mr. le Comte du Lude d'aujourd'huy est fils de ce brave Messire Guy de Daillon, duquel le pere & ma mere estoient cousins germains, à cause de Louyse de Daillon, dicte la Séneschalle de Poictou, ma grand-mere, laquelle estoit tante propre de Mr. du Lude, cousin germain de ma-dicte mere comme j'ay dit. Du-dict Mr. du Lude, Guy de Daillon, & de Madame du Lude, de la Maison de la Fayette, sont sortis Mr. du Lude d'aujourd'huy, & trois filles ; l'une mariée avec Mr. le Comte de Sancerre, & morte ; l'autre, avec, Mr. de la Guyche ; & la troisiesme, avec Mr. du Charlut, grand Seigneur d'Auvergne, mon nepveu ainsi est doublement, comme je parlerai ici en son lieu.

Mr. du Lude eut plusieurs fils & filles. Les fils sont Mr. des Chastelliers estant d'E-

glife, de Sarterre (*), & de Briançon, lefquels font morts fans enfants. Les filles furent, une Madamoifelle du Lude, qui mourut fille à la Cour. L'autre Madame la Marefchalle de Matignon, de laquelle eft forti
Mr. le Comte de Torigny, marié avec une
fille de Longueville. L'autre fille fut mariée
avec Mr. de Ruffec, Gouverneur d'Angoulmois, defquels font fortis Mr. de Ruffec
d'aujourd'huy, qui font quatre enfants mafles. La quatriefme fut mariée avec Mr. de
Malicorne, de laquelle n'a eu jamais d'enfants.

Mr. de Lauzun, de long-temps allié à'noftre Maifon de Bourdeille, à caufe de ma
grand-tante, fœur de mon grand-pere, dicte
Marguerite de Bourdeille, mariée en la Maifon de Lauzun, de laquelle forti eft feu
Monfieur de Lauzun, pere de Mr. de Lauzun, qui vit aujourd'huy, très-honorable
Seigneur, lequel fe maria avec Charlotte
d'Eftiffac, de la Maifon grande d'Eftiffac,
de laquelle il eut deux fils, dont l'un le puifné eft mort fort jeune, & l'aifné, dict le
Comte de Lauzun, vit en très-belle réputation. De filles, il eut l'une, l'aifnée, mariée
à Mr. de Fumel, mort en la bataille de Jarnac, d'où font fortis Mrs. de Fumel d'au-

(*) & Santray.

jourd'huy, deux fort honneftes & jeunes Gentils-Hommes; la feconde avec Mr. du Bourdez (*), d'où n'en font fortis enfants, & l'autre mariée avec Mr. de Clermont de Lodeve, grand Seigneur de Querci & de Languedoc. Faut noter que ces Mrs. mes nepveux fus-diĉts m'appartiennent doublement, tant à caufe de leur pere Mr. de Lauzun, que de la mere d'Eftiffac, d'autant que la mere de la-diĉte d'Eftiffac eftoit de la Maifon du Lude, coufine germaine de ma mere, & niepce de Madame la Sénefchalle de Poiĉtou, ma grand-mere. Telle eft donc la grande alliance & proximité de la Maifon de Lauzun & la noftre.

Mrs. les Marquis de Villars, & de Montpezat, font auffi mes nepveux, à caufe que Madame la Marefchalle de Montpezat, mere de leur pere, eftoit coufine germaine, à caufe de la Maifon du Fou, d'autant que ma grand-mere & mere de mon pere en eftoit, & s'appelloit Hilaire du Fou, qui eftoit fœur de Meffire Yvon du Fou, pere de ma-diĉte Dame la Marefchalle de Montpezat, par conféquent tante de la-diĉte Dame de Montpezat, & mon pere & elle coufin & coufine. Du fus-diĉt mariage fortit Mr. de

---

(*) Charles-Elie de Coulonge, Sieur du Bourdez.

Montpezat, pere des-dicts Mrs. les Marquis
de Villars, & de Montpezat : fortirent auffi
deux filles, l'une mariée dans la Maifon de
Couzan (*), grande Maifon en Auvergne,
dont en refte aujourd'huy un fils, dict Mr.
de Couzan. L'autre fut mariée avec Mr. de
Queilus, d'où fortit le fort brave Mr. de
Queilus tué en duel. Ce Monfieur eut deux
fœurs très-belles & honneftes; l'une Madame de Pefcels, qui efpoufa Mr. de Pefcels,
la mere duquel eftoit petite-fille ou fille du
Prince de Melphe : & l'autre Madame la
Vifcomteffe de Panas. Elles ont des enfants;
mais je ne les puis fpécifier, & pourtant
nous fommes très-proches.

De la-dicte Maifon du Fou fortit le Seigr.
du Vigan, frere puifné du Seigr. Yvon du
Fou, lequel eut Mr. du Vigan le dernier,
qui, par conféquent, à caufe de ma mere
dicte ci-deffus, eftoit coufin de fon pere,
comme Madame de Montpezat, coufine germaine. Le-dict Mr. du Vigan mourut fans
hoirs mafles. Il laiffa trois filles; l'une mariée en premieres nopces avec Mr. d'Archiac, frere de feue Madame de Bourdeille
la derniere, & n'eurent des enfants. En fecondes nopces fut mariée en la maifon avec
le Seigneur de Mirambeau (†), d'où fortit

(*) Levi-Couzan.
(†) Mirambeau-Pons.

Madame de Fors, mariée avec Mr. de Fors
(*), defquels eft forti Mr. le Baron du Vigan, jeune Gentil-Homme, qui a fait desjà
belle preuve de fa valeur. Il a encore deux
autres freres fort jeunes, qui promettent encore beaucoup d'eux, enfemble deux fœurs.

Le-dict Mr. du Vigan eut encore deux
filles, fœurs de Madame de Mirambeau l'aifnée. L'une puifnée fut mariée à Mr. de Ve-
rac en Poictou (†), d'où font fortis deux
enfants, très-braves & vaillants Gentils-Hommes. La troifiefme s'eft mariée par deux fois;
& la derniere fut avec Mr. de la Boulays
(§); & de l'un & de l'autre font fortis trois
enfants, fort jeunes, qui promettent beaucoup de leur valeur & vertu. Voilà comme
eft l'alliance de la Maifon du Vigan avec
celle de Bourdeille.

Le fus-dict Mr. du Vigan eut une fœur,
coufine germaine auffi de mon pere, qui fut
mariée avec Mr. de Rouet (**), de laquelle
fortit Mr. de Rouet d'aujourd'huy, qui a
deux enfants bien honneftes, qui me font
doublement proches, tant à caufe de Madame de Rouet, fœur de Mr. du Vigan, fa
mere, qu'à caufe de fa femme de la Maifon

(*) Fors-Vivonne.
(†) Verac-S.-George.
(§) Efchallart.
(**) Rouet de la Béraudiere.

de Couzan, pour l'amour de fa mere Madame de Couzan, fille de Madame la Marefchalle de Montpezat, & coufine germaine de mon pere, comme j'ay dit cy-deffus.

Le fus-dict Mr. de Rouet a eu plufieurs fœurs, & très-belles, qui n'ont eu des enfants, fi-non Madame de Combaut, dicte jadis la belle Rouet à la Cour (*), qui en a eu des filles, & font, je croy, mariées: ainfi fommes-nous fort proches ceux de la Maifon de Rouet & moy.

Venons à d'autres. Il y a aujourd'huy Mrs. de Ribérac, les deux freres, lefquels font enfants de Marie de Bourdeille, héritiere de la Maifon de Bernardieres, à caufe de fon pere, Mr. de Bernardieres, mon coufin germain, de mefme nom & de mefmes armes. Elle fut remariée en fecondes nopces avec Mr. de Coutures, mon coufin & nepveu, comme je diray cy après, bien qu'ils fuffent enfants de coufins germains, & d'elle eft forti un fils, qui eft encore fort jeune, mais promet beaucoup de luy, & s'appelle Mr. de Coutures: lequel a une fœur mariée avec Mr. de Puyguillon d'aujourd'huy. Voilà comme va de ce cofté là noftre alliance de Bernardieres.

Voicy celle de la Maifon de la Douze

(*) Mere de l'Archevefque de Rouen, Bourbon.

(*). Mon pere eut ſa plus jeune ſœur, dicte Jehanne de Bourdeille, qui fut mariée en la Maiſon de la Douze. Mon couſin germain, lequel eſtant marié avec Madamoiſelle de Poyremont, riche héritiere en Limoſin, eut pluſieurs fils & filles d'elle. Les fils ſont Mr. de la Douze, qui eſt aujourd'huy, Mr. de Poyremont & Mr. de Rillac. Le-dict Mr. de la Douze a trois petits fils de l'héritiere de Laſtour, qu'il a eſpouſée. Ses deux freres ne ſont point mariez. Ils ont leurs ſœurs Lambertye, & de Cireuil, & autres, qui ont force enfants; & principalement le Sieur de Lambertye, qui en a ſix ou ſept. Voilà l'alliance de la Douze, qui eſt très-grande; car il y a eû très-grande quantité d'enfants & de filles.

Voicy celle de St. Aulaire. En la Maiſon de St. Aulaire en Limoſin fut mariée Marguerite de Bourdeille, ſœur aiſnée de mon pere. De ce Mr. de St. Aulaire & d'une fille de Rufet (§) ſortit Mr. de St. Aulaire, qui eſt aujourd'huy Mr. de la Renardie (†), & Mr. des Eſtres, deſquels ſont ſortis force enfants, qui ſont encore pour aujourd'huy fort jeunes. Du-dict Mr. de St. Aulaire ſont auſſi ſorties force filles, l'aiſnée mariée à la Borz-Saunier, & la ſeconde à Fradeaux, qui a eu

---

(*) Abſac.
(§) Rufet-Volvive.
(†) Renaudie.

force enfants, encore enfemble d'autres fœurs
que je ne puis nommer. Pour ce qui eſt à
mon autre couſin de Coutures, il eut de ſa
femme, de la Maiſon de Ferrand, force enfants & filles. Les enfants ſont Mrs. de Coutures, de Lamary, & Celle, lequel dict Celle
eſt mort ſans enfants. Les autres en ont bien,
comme Mr. de Coutures dernier mort, lequel fut marié avec Marie de Bourdeille
dont j'ay parlé cy-devant, eſtant tous deux
enfants des deux couſins germains ſuſnom-
mez : ſçavoir, Mr. de Bernardieres l'aiſné,
& de Coutures mes deux couſins germains.
De ce mariage, ils en ont le petit Mr. de
Coutures, qui eſt aujourd'huy jeune homme, & ſera un jour fort riche, & une fœur
mariée avec Mr. de Puyguillon d'aujourd'huy.

La ſeconde fille de Bourdeille, dicte Marie
de Bourdeille, fœur encore aiſnée, voire
puiſnée de mon pere, fut mariée en Limoſin
avec Mr. le Baron de Maumont, grande &
riche Maiſon. De-là ſortit Mr. de Maumont
dernier mort, mon couſin, en qui finit le
nom de Maumont, d'autant que de ce mariage
ne ſortirent que deux filles héritieres de Maumont; l'une, l'aiſnée, mariée avec Mr. de
Charlus, grand & riche Seigneur d'Auvergne;
& l'autre mariée avec le Comte de Canillac,
Seigneur & Baron du Pont & du Chaſteau
en Auvergne. Auſſi de la-dicte Madame de
Charlus, ma niepce, fille de mon couſin

germain Mr. de Maumont, eft forti Mr. de
Charlus qui eft aujourd'huy, qui a efpoufé
une des filles du Sieur de ..... ma proche
parente, comme j'ay dit cy-deffus; & pour
ce, le mary & la femme font mes nepveu &
niepce à la mode de Bretagne, comme plufieurs que j'ay nommez cy-deffus. Je ne fcay
pas bien, fi ma-dicte niepce de Charlus la
mere a eu d'autres filles. De Madame la
Vifcomteffe de Canillac, ma niepce auffi, &
fœur de Madame de Charlus, font fortis trois
braves & vaillants Gentils-Hommes, & pour
tels réputez, qui en ont fait de belles preuves, & par le tefmoignage du Roy-mefme.
Sont forties auffi deux filles, l'une & l'aifnée
mariée avec Mr. de Forcas du Limofin près
de St. Bonnet, & l'autre à marier.

Or, de ma tante & mon oncle de Maumont, outre les enfants mafles, car il y en
a eu un jamais marié, qui fut un des fçavants
hommes de France, duquel Mr. de Ronfard
parle, fortirent deux filles; l'une la belle &
gentille Maumont, nourrie à la Cour, qui
fut maiftreffe de Mr. le Dauphin empoifonné,
de laquelle fut faite la Chanfon : *Brunette*
fuis, jamais ne feray blanche. Elle fut
mariée avec Mr. de Penacor (*), dont eft
forti Mr. de Penacor, mon nepveu, qui eft

_____

(*) *Ici* Penacor, *& plus bas* Pennacon.

aujourd'huy, qui fut marié avec Madamoi-felle de Couzoges, fille de Mr. le Préfident Ruflignat & Gentil-Homme, une très-belle & très-honnefte Damoifelle; duquel mariage font fortis trois enfants, braves & vaillants Gentils-Hommes, comme le pere & grand-pere, & les ayeulx. L'autre fille de Mau-mont, fœur de Madame de Pennacon, fut mariée à la Maifon de Montaignac; duquel mariage n'eft fortie qu'une fille belle & riche héritiere, mariée defpuis peu avec le fils de Monfieur de Montbas qui eft aujourd'huy. Voilà l'alliance de la Maifon de Maumont & celle de Bourdeille.

Il y a aujourd'huy Madame de Montluc, fille héritiere de feu Mr. de Montfalès & de Madame de Montfalès en premieres nop-res; car en fecondes nopces, elle fut rema-riée avec Mr. de Guychy. Cefte Madame de Monfalès & Guychy eftoit la feconde fille de Mr. d'Eftiffac, & de Madame d'Eftiffac, de la Maifon du Lude, coufine germaine de ma mere, (car Madame la Vidafine de Chartres eftoit l'aifnée, qui mourut fans en-fants,) & elle a eu du-dict mariage, & de Mr. de Montfalès cefte fille tant feulement, que j'ay dict cy-deffus: laquelle en premieres nopces fut mariée avec Mr. de Sainct-Su-plice, tué à Blois par le Vifcomte de Tours; duquel eut deux filles. L'aifnée eft maintenant mariée avec Monfieur le Duc d'Ufez, &

l'autre à marier : deux fort riches héritieres de la Maifon de Saint-Suplice, comme eft auffi celle de Montluc, que ma fus-dicte niepce a eu de mon-dict Sieur de Montluc eftant mariée avec luy en fecondes nopces. La-dicte fille ne fçauroit avoir encore que douze à treize ans.

Je ne veux point mettre icy noftre alliance avec celle de Savoye & de Nemours; car ce font de grands Princes, avec lefquels nous n'oferions comparer, ni paroiftre. Si eft-ce, mais qu'il ne leur defplaife, fi je ne fçaurois nyer, que Claude de Pontievre n'ayt efté coufine germaine de feu Mr. le Sénefchal de Poictou, feu mon grand-pere, Meffire André de Vivonne. Cela fe trouvera très-bien aux Hiftoires & Annales d'Aquitaine, & aux Généalogies des deux Maifons : laquelle dicte Claude de Pontievre fut mariée avec Philippe VII, Duc de Savoye, qui fut marié deux fois, la premiere avec Marguerite de Bourbon, & la feconde avec cefte Claude de Pontievre, que je dis coufine de mon grand-pere; duquel mariage fortit Charles, qui fut le neufviefme Duc de Savoye, & IIIᵉ. de ce nom, après fon frere Philibert du premier lict, & Philippe, Duc de Nemours ayant efpoufé une fille d'Alençon. Ce Charles donc, IIIᵉ. du nom, a efté neufviefme Duc de Savoye, fils de Philippe, feptiefme Duc, du fecond lict, fuccéda à fon

frere, luy defaillant mafles, par-quoy ce Charles, qui eut Emanuel-Philibert dixiefme, Duc
de Savoye, & Ier. de ce nom, pourroit eftre
nepveu à la mode de Bretagne de mon grand-
pere, à caufe de fa coufine germaine Claude
de Pontievre, en quoy faut advifer ce que
nous pourrons eftre à Mr. de Savoye & à Mr.
de Nemours aujourd'huy. J'en fis un jour au-
dict Mr. de Savoye Emanuel-Philibert, ce difcours, & plus à plein, à Turin, en fon jardin
tous deux feuls ; parce que Madame de Savoye, fa femme, luy avoit dit que j'avois cet
honneur de luy appartenir : mais pour cela,
je n'en mets pas plus gros pot au feu, &
n'en leve pas ma banniere plus haute ; car
les Princes font fi glorieux, qu'ils defdai-
gnent tout le monde, & leur femble à tous,
qu'ils font tous fortis d'un grand fang…. &
Dieu fçait….

Je ne fais pas plus de compte auffi de Mr.
de Montpenfier d'aujourd'huy, duquel la
mere eftoit fille de Madame la Marquife de
Mezieres, coufine de mon pere, à caufe de
Meffire Guy de Mareuil, fon pere, lequel
eftoit coufin germain de mon grand-pere, à
caufe de fa femme Marguerite de Bourdeille, mariée à Mareuil. Les alliances en font
encore peintes en la falle de la Tour-blanche aux vitrages.

Mon grand-pere eut auffi une fœur, qui
fut mariée en la Maifon de la Rochandry,
&

& fœur de Madame de Lauzun, ma grand-
tante, de laquelle j'ay parlé cy-devant, d'où
fortit une·fille qui fut mariée avec le pere
de Mr. de Lanffac le Bonne, dernier mort.
Auffi fommes-nous alliez aujourd'huy à Mr.
de Lanffac, & fon fils. De Mr. la Rochandry
fortit en mariage Madame la Comteffe de la
Chambre, mariée en Savoye avec le Comte
de la Chambre, que j'ay veu nourrir fille
de Madame de Savoye en fa Cour, où Mr.
le Comte de la Chambre l'efpoufa. Je ne
fçay s'il en eft fortis des enfants. Je ne parle
pas auffi de Madame de Mercœur, laquelle
eft defcendue de ce Comte de Pontievre,
coufin germain de mon grand-pere Mr. le
Senefchal ; & pour ce, nous fommes fort
proches.

Si faut-il parler un peu des alliances de
Laval, & de feu Mr. l'Admiral de Chaftillon. Mr. de Laval fut marié en fecondes nop-
cès. Il efpoufa une fille du Lude, fille de Jacques de Daillon, niepce de ma grand mere,
& fœur de Mr. du Lude, dont j'ay parlé cy-
devant. De cefte fille du Lude fortit une fille, qui fut mariée avec Mr. l'Admiral de Chaftillon dernier mort, duquel eftoient fortis
Mrs. de Chaftillon, mort au fiege de Chartres, & d'Andelot, les deux freres, dont l'un
eft mort, & l'autre vit, & Madame la Princeffe d'Orange leur fœur. Mon-dict Sieur de
Chaftillon efpoufa une fille de Pequigny, Vi-

dafme d'Amyens, duquel font fortis Mr. de Chaftillon tué dans Oftende, & fon fecond frere qui porte le mefme nom. Madame la Princeffe d'Orange, mariée en premieres nopces.... & en fecondes nopces au Prince d'Orange, duquel a eu le petit Comte de Naffau, qui eft en Flandres, brave & généreufe race, certes, s'il en fut oncques, & grand dommage qu'elle fe perde, fi elle ne fe renouvelle par Mr. de Chaftillon qui eft aujourd'huy, s'expofant pourtant à tant de hazards tous les jours, defquels Dieu le préfervera, s'il luy plaift, pour ne perdre la race de ces bons haras fi nobles & valeureux.

Je ne compte icy non plus Mrs. de Byron; car il y a long-temps qu'une fille de Bourdeille fut mariée à Byron : ny

Mr. de Lanffac, la mere duquel eft fortie de la Rochandry, & fa grand-mere de la Rochandry eftoit fœur de mon grand-pere, comme le tefmoignent les lettres qui font au Thréfor de noftre Maifon.

SEIZIESME OPUSCULE.

COMBAT.

INTERPRÉTATION des huict Vers qui se lisent dans les vistres de la grande salle du Chasteau de Brantome,

M. D. XCIII.

FRANCŒUR parle ainsi en la premiere vistre :

Francœur je suis monté sur bon renom,
Pour ruer jus de nécessité chance,
Par ma vertu : nul ne die de non.
Qui bien me garde, met jus outrecuydance.

NÉCESSITÉ parle ainsi en l'autre vistre :

Danser me faut par ma male meschance.
Par mon orgueil je cuydois estre le maistre.
Nécessité m'a mis en la balance,
Dont devant Dieu me faudra comparoistre.

Fin des Vers. 1593, en Novembre.

F ij

INTERPRÉTATION.

Nos prédécesseurs s'eſtant pluſtoſt adviſez de bien faire qne de bien eſcrire, nous ont laiſſé de tout temps perdre la mémoire de pluſieurs battailles & combats divers, deſquels les victorieux, ſi euſſent eſtez autant fortunez à rencontrer Hiſtoriographes qui les euſſent amplement deſcrits, comme ils s'eſtoient paſſez : & l'heur d'autre coſté les euſt voulu accompaigner de tout poinct ; je ne veux faire aucun doubte, qu'ils ne fiſſent, non rougir, mais aller cacher ces fierabras imaginaires, qui, combattant, & ayant donné ſeulement un coup d'eſpée ſur les oreilles de leur ennemy, ſe trouvent leur avoir avalé un bras, une eſpaule, une jambe, voir leur avoir fendu la teſte juſques aux dents.

Or, tels perſonnages ſont grandement redebvables à leurs parrains qui leur ont ainſi tenu le menton, de peur qu'ils ne ſe noyaſſent en la mer d'éternelle oubliance. Car par-deſſus toutes les nations du monde, le François eſt celuy qui a tousjours le mieux fait. A ce propos, il m'eſchappe de raconter une hiſtoire remarquable, qui mérite d'eſtre eſcoutée.

Le Seigneur de Gondras, de Loude, & de Magny, grand & riche Seigneur au Pays de Borbonnois, qui a eſpouſé la fille de feu

Monſieur le Capitaine Sainct-Giran, frere du
Grand-Maiſtre de l'Artillerie Monſieur de la
Guyche, eſt maiſtre d'une belle & forte maiſon qui s'appelle Veüure, aux frontieres du
Charolois, de laquelle eſtoit ſortie ſa mere,
portant ce nom de Veüure. En la grande ſalle
de ceſte maiſon ſeigneuriale, ſe voit une belle
& grande peinture à huyle, rempliſſant toute
une muraille, d'un brave chien de chaſſe qui
appartenoit à ſon grand-pere maternel, Gentil-Homme grand Veneur : lequel chien ſe
monſtra ſi brave & courageux en un jour,
qu'ayant attaqué une matinée un fort grand
loup cervier, & l'avoir eſtranglé, & au ſortir de ce combat ſortant du bois tout enſan-
glanté, après avoir reçeus pluſieurs lardaſſes
des deffenſes d'un ſanglier qui eſtoit pour-
ſuivy par quelques autres Veneurs qui n'eſtoient de la meute de ſon maiſtre, ſur lequel
il ſe jetta, & duquel il vint à bout avec l'ayde
qu'il eut, & duquel il eut la curée ; l'après-
diſnée, ſe trouvant plus frais, plus gaillard,
plus plein de cœur, voire plus animé qu'il
n'eſtoit le matin, retourna pour la troiſieſme
fois à la chaſſe avec ſon maiſtre, qui s'y aheur-
toit quaſi plus qu'il ne devoit. Or la fortune
voulut qu'un grand cerf fuſt élancé du fort,
qui fut tellement couru par ce chien, que
l'ayant finalement forcé de ſe jetter dans une
grande eau, & luy avoir ſauté au col, après
pluſieurs & diverſes morſures, l'aterra finale-

ment , comme il avoit fait la sauvagine du
matin : tellement que ce chien s'eschauffa de
telle façon toute cette journée-là , n'ayant
fait autre chose que courir & combattre,
que , s'estant rendu dans la maison de son
maistre plein de gloire & despouilles, estant
tout en feu, & aussi qu'il estoit percé comme
un crible des dagades que le cerf luy avoit
données, que haletant, & tirant un pied de
langue entre les jambes de son maistre, jouxte
que c'estoit en esté, il mourut à la veuë de
celuy , qui fut extresmement marry de ne
l'avoir pu secourir. Tellement que, pour avoir
reconnu la bonté & grandeur du courage de
son chien, il ne voulut jamais permettre que
la charogne en fust portée à la voyrie, pour
estre déchirée des chiens charoppiers , ou
bien des corbeaux, ains la fit enterrer en la
salle où il couchoit dessous son lict : & non
content de cela, fit bravement peindre & portraire son chien, selon sa grandeur retournant
de la chasse de ces trois bestes faulves, à la
paroy d'une des quatre murailles regardant
son lict, ensemble quelque escriture au pied:
histoire qui se voit & lit encore par tous
ceux qui fréquentent léans. Ce récit m'a esté
fait en ceste année 1593, estant en forest en
la maison du Capitaine Gozeau , oncle du
susdict de Gondras ; & me fut nommé le
nom du chien, par plusieurs fois, qui, pour
s'estre monstré si brave, ne devroit jamais pé-

rir , non plus que de celuy qui , aux Indes Occidentales du temps des Pizarres , alloit à la chaſſe des Indiens , & tiroit paye de ſoldat Eſpagnol , qui eſtoit touſjours le premier qui commençoit la charge.

Je veux donc dire que ſans ceſte peinture , la mémoire de choſe ſi remarquable ſeroit périe , qui , ſans faute , mériteroit d'eſtre rédigée bien au long par eſcrit avec ſes circonſtances ; comme auſſi la gratitude du maiſtre , qui vivoit encore l'an 1558 , doit eſtre célébrée.

Il en a eſté de meſme de ceſte belle hiſtoire , qui eſt peinte ſur le manteau de la cheminée de la grande ſalle du Chaſteau de Montargis. Car ſans la peinture , elle ſeroit enſepvelie pour jamais. Voilà pourquoy les Suiſſes & Allemands ſont ſi fort curieux des peintures par toutes leurs Villes. J'ay demeuré dans le Canton de Soleurre , & ay veu les parois , murailles & frontiſpices de pluſieurs maiſons peinctes , regardant ſur les grandes ruës : comme eſt entre autres la maiſon du Colonel Tocquenet , qui a fait peindre toutes les battailles où il s'eſt trouvé , tant avec le Roy François *au grand nez* , que contre luy , & Henry ſecond , ſon fils ; où ſont repréſentées des particularitez que les Hiſtoriens ne pourroient jamais ſpécifier , ou particulariſer , en telles journées. Et de faict , rarement la peinture ſe peut falſifier. Le Marquis de Ma-

rignan a fait auſſi peindre, en une belle ſalle
de ſon Chaſteau, toutes les battailles où il
s'eſt trouvé, vivant Charles-le-Quint. Cela a
eſté grandement louable en luy. La peinture &
les chanſons ſont les gardeurs, tant de la mémoire, comme de l'Hiſtoire. Et ſans la peinture, qui eſt dans la maiſon de Veüure, il y
a pieça qu'il ne ſe parleroit plus d'une choſe
ſi remarquable, qui mériteroit non un fouil-
loux pour la deſcrire, ains une autre Roy
Charles neufvieſme, qui mourut trop toſt de
par Dieu : qui, ſi luy vivant euſt eu notice
de ceſte hiſtoire, allégrement en euſt voulu
prendre la peine & le plaiſir, pour la mettre
en beaux Vers François, tant il aymoit la
nobleſſe de ce meſtier ; jouxte qu'il eſtoit
bon Gendarme & bon Poëte, qui avoit com-
poſé un Livre de la chaſſe en fort beau Vers
de ſa langue.

J'ay dit tout cecy, à cauſe de l'hiſtoire
qui repréſente un combat qui eſt peint ſur
verre aux viſtres de la ſalle du Chaſteau de
Brantome, qui fut édifié par le Cardinal de
Perigord, Archeveſque de Pampelune, qui
vivoit environ la prinſe de Rhodes; qui nous
font voir un combat furieux de deux Gentils-Hommes, qui, armez de toutes pieces,
combattent à cheval avec l'eſpée & le bouclier ; l'un des combattants portant nom de
Franc-Cœur ; l'autre, aſſçavoir du vaincu,
portant le nom de *Néceſſité*, qui de fait ſa-

talement fut tué, & le voit-on tomber de cheval bleffé à mort, fon cheval donnant du mufeau en terre, la tefte pofée entre les deux jambes de devant. Et voit-on ce Gentil-Homme, baptifé du nom de *Néceffité*, tomber de cheval à la renverfe levant les pieds & les jambes contremont.

De l'autre viftre de la feneftre qui regarde fur la riviere de Drone, on voit un Gentil-Homme portant la barbe longe, armé auffi de toutes pieces avec l'efpée & l'efcu, portant mine d'un mauvais garçon, qui fçavoit bien chaftier les foux, pour leur apprendre à parler fagement; foit des Dames, defquelles il ne faut jamais parler que bien à poinct, moins jamais les blafonner; foit de l'honneur d'autruy duquel nous ne devons eftre larrons.

Et fut fait ce combat près la Ville de Fontarabie fur le bord de la mer, fe voyant peinte la Ville joignant le champ du combat; le tout en préfence des Juges & Préfidents des combats, accompagnez des Trompettes de tous les deux coftez, qui fonnent les fanfares deues au vainqueur.

En chaque viftre, il y a un efcriteau de quatre Vers, qui ne nous mettent point à deviner; mais bien au contraire, nous font connoiftre la vérité du fuccès de l'Hiftoire.

F v

L'Efcriteau du vieux Routier parle ainfi, difant :

Francœur, je fuis monté fur bon renom,
Pour ruer jus de néceffité chance
Par ma vertu : nul ne die de non.
Qui bien me garde, met jus outrecuydance.

L'Efcriteau du Deffendant dit :

Danfer me faut par ma male mefchance.
Par mon orgueil je cuydois eftre le maiftre.
Néceffité m'a mis en la balance,
Dont devant Dieu me faudra comparoiftre.

La quinte-effence de ces Vers icy extraicte & preffurée nous fait entendre que ce Gentil-Homme, qui s'attiltre du nom de *Néceffité*, pouvoit avoir intéreffé l'honneur de ce brave Cavalier, vieux foldat & vieux guerrier, appellé *Franc Cœur*, & que ne fe pouvant rétracter, ne l'ofant, ou peut-eftre ne le voulant, il fut forcé de venir au combat pour maintenir ce qu'il avoit malicieufement inventé : tellement que *Franc Cœur*, homme généreux & vaillant, cicatrifé en fa réputation, qui à tout Gentil-Homme doit eftre plus chere que la vie mefme, (car le premier Vers monftre qu'il eft monté fur bon renom, qui vaut mieux que ne fait ceinture faite en broderie,) luy eftant grief & amer d'avaler

cefte griotte, en la façon qu'il n'euft monftré
à ce difeur de quel bois il fe vouloit chauf-
fer, deffie & defpite *Néceffité*, & toute autre
perfonne, de luy pouvoir dire pis que fon
nom, s'il ne veut mentir cent pieds dedans
fa gorge; qu'il eft homme-de-bien & d'honneur, qui ne fit jamais acte que galant homme
de fon calibre ne doive faire; & qui le vou-
droit braver, ou dire de luy le contraire en
façon qui fuft, qu'il eft preft de luy rompre
la tefte; exprimant fes conceptions par ces
mots portez par le fecond Vers : *Pour le
ruer jus*; c'eft à-dire, pour le rendre corps
fans ame, pour l'envoyer au Royaume des
Taupes, pour l'eftendre & joncher fur le
carreau froid & roide.

Et pour en venir-là, il dit qu'il n'eut jamais les mains engourdies, quand il a efté
queftion de les mener à bon efcient; qu'il
fait largeffe de Taloches & Chinfreneaux;
qu'il n'eft point apprentif de couper telles
efcharpes & telles livrées, pour qui en vou-
droit porter; exprimant ce qu'il a dans le
ventre par le commencement du troifiefme
vers, qui eft tel : *Par ma vertu :* & à caufe
du fens, il faudroit mettre & poincter là deux
poincts, que le peintre a oubliez.

Par ainfi, il veut bien que l'on fçache que
qui dira du contraire, affçavoir qu'il ne foit
Gentil-Homme comme le Roy, Chreftien
& Catholique comme le Pape, de bon lieu

F vj

& de bonne part; ou bien qu'il ait parlé de Madame de Sauve, de Madame Raverie, de la Preffin, de Madame d'Eftrée, qu'avec tout honneur & refpect; ou bien, qu'il ait proféré quelques femblables paroles injurieuſes & traverſures, qui offenfaffent les oreilles de perſonne du monde; qu'il eft preft avec l'eſpée & le bouclier, l'eſpée & la cappe, l'eſpée & le poignard, avec le ſeul ſponton à pied ou à cheval, armé, non armé, en chemiſe, de le faire menuir par la gorge, au veu de tout le monde.

Au partir de là, qu'il veut bien que l'on ſçache qu'il a la teſte ſi près du bonnet, qu'il ne pourroit jamais endurer qu'on luy fiſt la part, qu'on luy paſſaſt la main devant le viſage, qu'on luy menaſt le feſtu par la bouche, qu'on le lamponnaſt par trop, qu'on luy chiquenaudaſt le bout du nez, qu'on ouvriſt la bouche ſur luy pour luy dire *be*, *ee*, *ee*; & que par le Cap de Dious, pour eſtre Gaſcon, ne voulant plus outre jurer, qu'il eſt ſi chaſtouilleux, que pluſtoſt qu'il beuſt telles viellaqueries, il ne ſe pourroit jamais tenir, que deſpartant ſubitement de la main, ſautant au collet de ſon homme, il ne luy baillaſt cinquante poignaçades dans le cœur. Que le Seigneur d'Albret, duquel il eſt vaſſal, n'ayme point les poltrons; & que luy ne tenant rien du fief de coyonnerie, il luy avoit permis de porter ſes armes en ſon eſcu

au jour du duel, pour efpoufetter à plaifir
fon *Hermanos*, ou autre pelerin qui le vou-
droit attacquer. Bref, qu'il ne pourroit jamais endurer d'eftre fuperché en fon honneur
tant qu'il pourroit porter efpée, tant s'en
faut qu'il vouluft endurer une démentie, qui
eft une paille en l'œil, & une efpine au pied
de tout Gentil-Homme qui vit fous les regles
du poinct d'honneur, qui ne fe peut arracher
qu'avec le gantelet. A cette occafion, il ad-
joufte : *Nul ne die de non.* Comme s'il
vouloit dire : *Quant à moy, je n'ay pas
appris de tant marchander : le faict m'eft
auffi preft que le dire. Jettant mon gage,
j'empaulme auffi-toft qu'on le fçauroit avoir
veu. Et qui ne fe contentera de cefte mon-
noye, je luy donneray tousjours le paffe-
temps de luy découdre fon harnois, luy mettre les trippes au foleil, voire loifir de conter
à la clarté de fi belle chandelle toutes les
pieces de fa fripperie, une par une.*

   S'enfuit par après :
Qui bien me garde, met jus outrecuydance.
C'eft-à-dire, qui voudra prendre garde de
près à la juftice de ma querelle, pour laquelle
je fuis entré en eftaquade, pour me couper
la gorge avec mon ennemy ; qui voudra confidérer comment le tout s'eft paffé ; qui y
voudra regarder de près, & efplucher toutes
chofes par le menu, il trouvera que Dieu
a favorifé ma caufe, eftant allé démefler cefte

fufée armé d'innocence : y eftant allé à la franche Marguerite, & non de gayeté de cœur, ou que les cirons me démangeaffent aux mains ; ains feulement pour la confervation de mon bon droit, qui doit lyer tout homme pour avoir tousjours l'efpée au poing. Mettant donc cuire fur la bonté de ma caufe, ayant fait provifion d'un cœur autant mafle que lyonnois, Dieu m'a fait cefte grace d'avoir battu à dos & à ventre mon ennemy, cet outrecuydé, ce coquin, ce roguart, ce bavard, qui fi cautuleufement à fon Dam a glofé mes paroles. Je l'ay fait defdire comme chelme qu'il eft, devant chafcun ; luy ayant appris, s'il a voulu retenir fa leçon, qu'il ne faut parler fi gaucherement d'un tel homme & fi homme-de-bien que je fuis. Je fuffe crevé cent fois pluftoft que j'y euffe laiffé rien du mien. J'euffe pluftoft efpanché tout mon fang, voire euffe veu la derniere goutte que je n'en euffe eu ma raifon. L'honneur eft chofe trop fretillante à ceux principalement qui veulent vivre en honneur aux Cours des Princes, & y porter la carre levée. Et partant, ayant fait perdre la vie à cefte cane, qui m'en avoit prefté d'une, j'apprends à mes femblables, comme ils devront faire par cy-après, quand ils fe trouveront invitez à femblables nopces comme moy.

S'enfuit l'explication des quatre Vers proférez pour *In manus*, lors que *Néceſſité* voulut verſer les quatre fers.

> *Danſer me faut par ma male meſchance.*
> *Par mon orgueil je cuydois eſtre le maiſtre.*
> *Néceſſité ma mis en la balance,*
> *Dont devant Dieu me faudra comparoiſtre.*

Ce pauvre malheureux dit, qu'il a trouvé chauſſeure à ſon pied. Voicy que ce paillard ſe rétracte & ſe repent de ce qu'il a dit. Eſtant preſt de rendre les derniers abboys, il ſe confeſſe, & crye mercy à ſa partie. Il dit qu'il meurt juſtement, pour avoir bleſſé l'honneur d'un ſi homme-de-bien, qui l'a payé ſur le champ de ſon démérite. Il regrette grandement que la trahiſon de ſon cœur ſoit cauſe qu'il meure ſi laſchement qu'il fait. Il euſt volontiers dit : *Segnor Juliano, non te quiero* (1); mais qu'il a eſté forcé de combattre, le denotant par ce Vers qui dit : *Néceſſité m'a mis en la balance*, attendu que qui quitte la partie, la perd.

Eſtant preſt de rendre l'ame à Dieu, il ſe repent de bon cœur de ce que fauſſement il a dit de ſon ennemy, qu'il tient pour homme-de-bien & d'honneur. Il confeſſe avoir

---

(1) C.-à-d. *Seigneur Juliano, je ne vous en yeux point.* Voyez ci-deſſus, Tome XIII.

mal parlé. Il reconnoiſt la Juſtice de Dieu qui luy a oſté le cœur, deffendant une mauvaiſe querelle. Il reconnoiſt que Dieu eſt juſte en toutes ſes œuvres, qui n'a voulu que telle ſienne meſchanceté demeuraſt impunie devant les hommes, comme de faict il en porte la paſte au four à ſon Dam, & au grand deshonneur & infamie, tant de luy, comme de tous ſes parents; perdant pauvrement la vie, pour avoir eſte ſi outrecuydé maintenir ce qu'il ſçavoit en conſcience eſtre auſſi faux que le Diable eſt faux. Il lamente la petiteſſe de ſa fortune, & reconnoiſt que l'orgueil qui l'a tousjours accompagné toute ſa vie, a eſté cauſe de ſon honniſſement, de ſa ruyne, & confuſion. Finalement, qu'il luy eſt advenu ne plus ne moins qu'au chien de ce Veneur appellé Meraudet, qui vouloit manger le loup, & le loup le mangea; denotant cecy par le texte du ſecond Verſet de ſon *In manus*, qui dit: *Je cuydois eſtre le maiſtre.*

1593, en Novembre, j'eſcrivois ce Diſcours à Bourdeille, en faveur de Monſeigneur de Brantome, mon maiſtre.

DIX-SEPTIESME OPUSCULE.

TESTAMENT & CODICILES de PIERRE DE BOURDEILLE, Seigneur de BRANTOME.

AU NOM DU PERE, ET DU FILS, ET DU SAINCT-ESPRIT, enfemble de la benite Vierge Marie, & de Madame Ste. Anne, mes deux bonnes patronnes.

Je PIERRE DE BOURDEILLE, Seigneur & Baron de Richemond, de Sainct-Crefpin de la Chapelle, Mommoreau, & Conſeigneur de BRANTOME uſufructuaire; Chevallier de l'Ordre du Roy de fon St. Michel, enſemble de celuy de l'Ordre de Portugal, qu'on appelle *l'Habito de Chriſto*; Gentil-Homme ordinaire de la Chambre des feus Roys Charles neufviefme, & Henry troiſiefme, mes maiſtres, & penſionnaire de deux mille livres par an du fus-dict Charles neufviefme en fon vivant; Chambellan de Monſeigneur le Duc d'Allençon, mon bon maiſtre; auſſi dont toutes les Letrres & Tiltres en demeurent en mon Thréſor & Tiltres, qui du tout en donnent foy, & ayant commandé à deux Enſeignes de gens de pied

aux fecondes guerres civiles paffées, fans reproche, la grace à Dieu : je recommande
mon ame à Dieu, & le fupplie de bon cœur
la recepvoir en fon fainct Paradis.

Je veux eftre enterré comme bon Chreftien & Catholique , fans pourtant aucune
pompe funebre , ny cérimonie nullement
fomptueufe. J'eflis ma fépulture dans la Chapelle de mon Chafteau de Richemond, que
j'ay faite & conftruite exprès pour cet effect
avec la voufte ; efpérant que le tout fera fait
& parachevé, s'il plaift à Dieu, avant que
je meure, pour y eftre enterré. Je veux que
fur ma tombe foit gravé en groffe lettre cefte
Epitaphe, avecque mes armoiries de Bourdeille & Vivonne, entourées de l'Ordre de
St. Michel :

Paffant, *fi par cas ta curiofité s'eftend*
de fçavoir qui gift foubs cefte tombe, c'eft
le corps de

MESSIRE

PIERRE DE BOURDEILLE,

en fon vivant Chevalier, Seigneur & Ba-
ron de Richemond, & Sainct-Crefpin, &
la Chapelle, Mommoreau, & Confeigneur
de Brantome : extraict du cofté du pere de
la très-noble antique race de Bourdeille,
renommée de l'Empereur Charlemagne,
comme les Hiftoires anciennes, & vieux
Romans François, Italiens, Efpagnols,

tiltres vieux & antiques monuments de la
Maison le témoignent de pere en fils jusques
aujourd'huy; & du costé de la mere,
il fut sorty de ceste grande & illustre race
aussi de Vivonne & de Bretagne, qui en
porte les hermines pour cela en ses armoiries.
Il n'a dégénéré, grace à Dieu, à ses
prédécesseurs. Il fut homme-de-bien, d'honneur
& de valeur, comme eux, advanturier
en plusieurs guerres & voyages estrangers
& hazardeux. Il fit son premier apprentissage
d'armes soubs ce grand Capitaine
Monsieur de Guyse, Messire François
de Lorraine; & pour tel apprentissage, il
ne desire autre gloire & los : donc cela seul
suffise. Il apprit très-bien soubs luy de bonnes
leçons qu'il pratiqua avec beaucoup de
réputation, pour le service des Roys ses
maistres. Il eut soubs eux charge de deux
Compagnies de gens de pied. Il fut en son
vivant Chevalier de l'Ordre du Roy de
France, comme j'ay dit, & de plus Chevallier
de l'Ordre de Portugal, qu'on appelle
l'Habito de Christo, qu'il alla querir
& recepvoir-là luy-mesme & avoir du Roy
Dom Sébastien, qui l'en honnora au retour
de la conqueste de la Ville de Belis & son
Pignon en Barbarie, où ce grand Roy
d'Espagne, Dom Philippe, avoit dressé &
envoyé armée de cent galleres, & douze
mille hommes de pied. Il fut après Gentil-

Homme ordinaire de la Chambre des deux Roys Charles IX & Henry III, & Chambellan de Monsieur d'Allençon, leur frere : & outre fut penfionnaire de deux mille livres par an du-dict Roy Charles IX, dont en fut très-bien payé tant qu'il vefquit ; car il l'aymoit fort, & l'euft fort advancé s'il euft plus vefcu, que le-dict Henry III. Bien qu'il les euft tous deux très-bien fervis, l'humeur du premier s'addonnoit plus à luy faire du bien & des grades, plus que l'autre. Auffi que la fortune ainfi le vouloit. Plufieurs de fes compagnons, non efgaux à luy, le furpafferent en bienfaicts, eftats, & grades, mais non jamais en valeur & mérite. Le contentement & le plaifir ne luy en font pas moindres. Pourtant, adieu, Paffant. Retire-toy. Je ne t'en puis dire, fi-non que tu laiffes jouyr de repos celuy qui en fon vivant n'en eut, ny d'ayfe, ny de plaifir, ny de contentement. Dieu foit loué pourtant du tout, & de fa faincte grace.

Je ne veux fur-tout, qu'en mon enterrement fe faffent, comme j'ay dit, aucunes pompes ny magnificences funebres, & furtout ny feftins, ny mangeailles, ny convoy, ny affemblées de parents & amis, fi-non d'une vingtaine de pauvres, avec leurs efcuffons de mes armoiries, habillés en deuil de gros drap noir, & qu'on leur donne l'aumofne accouftumée, enfemble aux autres pauvres qui s'y affembleront. Je dis non-feulement pour ce jour de l'enterrement, mais à la huiĉtaine, & quarantaine, & bout de l'an, autant.

Je donne & legue à Maiftre Pierre Petit, dit le Sr. Contanho, la fomme de cinq cents livres, avec deux de mes meilleurs chevaux qui fe trouveront en mon efcurie à l'heure de mon trefpas, & le meilleur de mes manteaux, avec deux de mes meilleures harquebufes à rouet & à mefche. Plus luy donne le moulin, fes appartenances, & rente deue fur yceluy, appellé le Moulin de la Rode, fitué en ma Terre & Paroiffe de St. Crefpin, fur le ruiffeau de Houlóu, autrement appellé de Belefme, en faire & difpofer comme de fa chofe propre : & ce pour avoir efté bon Commandataire de l'Abbaye de Brantome pour moy, dont pourtant il m'a baillé beaucoup de peines & de traverfes, & tourments d'efprit, en ce négoce ; mais je luy pardonne : & s'il eft habile, en pourra tirer beaucoup après ma mort, felon le brevet du Roy, qu'il trouvera dans mon petit coffre d'Allemagne, qui eft fur ma table à la Tourblanche.

Je legue au Seigneur Laurentio Splanditeur la fomme de deux cents livres, pour eftre mon ancien ferviteur, bien qu'il n'en aye befoing ; car il eft riche, & a gagné affez avec moy : mais afin qu'il aye fouvenance de moy tant qu'il vivra.

Plus, je legue à tous mes ferviteurs & fervantes, demeurant, tant à la Tour-blanche, Richemond, que Brantome, qui fe trouveront lors de mon trefpas, la fomme de cinq cents cinquante livres une fois payée, pour eftre defpartie entre eux, felon la qualité desdiéts ferviteurs & fervantes, comme mes héritiers & héritieres y auront l'œil, ou bien perfonnes déléguées pour cela y advifer; deforte que je les prie les en rendre tous contents & contentes de leurs fervices & peines.

Outre-plus, je legue & donne à mes ferviteurs principaux, qui me fervent à la chambre, & autres lieux honorables, comme Sécretaires, Pages, tous mes manteaux, habillements, linges; c'eft-à-dire, des chemifes, mouchoirs, chauffettes, fans toucher aux linceuls, ny ferviettes, ny nappes aucunement; defirant que cela demeure parmy les meubles de la maifon, pour la fucceffion de mes héritiers.

Outre mes ferviteurs fus-diéts, je legue & donne à mes foldats, qui font à ma porte, pour chafque tefte, à chafcun cinq efcus, & leurs gages payés.

Plus, je legue & donne à Meffire Helie de Hautmarché, diét Moferogallard, Abbé Commandataire de St. Sevrin, la fomme de cent cinquante livres une fois payée.

J'en donne & legue autant à Lombraud,
mon Recepveur de préfent, qui m'a bien
fervy jufques icy, & qu'il continue, outre
fes gages, dont il fe paye tous les mois par
fes mains comme il paroift par fes comptes.

Je legue & donne auffi à Meffire Arnaud
Barbut, Vicaire de Brantome, la fomme de
dix efcus feulement, une fois payés, bien
que luy aye bien payé tous fes gages, comme
il paroift par mes comptes, qu'il y a beaucoup gagné en faifant fon fervice divin, &
parce n'aye pas grand befoing de récompen-
fe, mais afin qu'il aye fouvenance de moy.

Et de tous ces fus-dicts légats, je veux &
ordonne eftre fait aux perfonnes vivantes feulement lors de mon décès, & nullement à
leurs héritiers.

Je veux auffi & encharge expreffément mes
héritiers, héritieres, de faire imprimer mes
Livres que j'ay faits & compofez de mon efprit & invention, & avec grande peine &
travaux, efcrits de ma main, & tranfcrits &
mis au net de celle de Mathaud, mon Secre-
taire à gages, lefquels on trouvera en cinq
volumes couverts de velours, tant noir, verd,
bleu, & un en grand volume, qui eft celuy
des *Dames*, couvert de velours verd, & un
autre couvert de velin, & doré par-deffus, qui
eft celuy des *Rodomontades*, qu'on trouvera
tous dans une de mes malles de cliffe, curieufement gardez, qui font tous très-bien

corrigez avec une grande peine & un long temps : lesquels j'eusse pluftoft achevez & mieux rendus parfaits, fans mes fafcheux affaires domeftiques, & fans mes maladies. L'on y verra de belles chofes, comme *Contes*, *Hiftoires*, *Difcours*, & *Beaux-Mots*, qu'on ne defdaignera, s'il me femble, lire, fi l'on y a mis une fois la veuë. Et pour les faire imprimer mieux à ma fantaifie, j'en donne la charge, dont je l'en prie, à Madame la Comteffe de Durtal, ma chere niepce, ou autre, fi elle ne le veut : & pour ce, j'ordonne & veux qu'on prenne fur ma totale hérédité l'argent qu'en pourra valoir l'impreffion ; & ce, avant que mes héritiers s'en puiffent prévaloir de mon-dict bien, ny d'en ufer avant qu'on n'aye pourveu à la-dicte impreffion, qui ne fe pourra certes monter à beaucoup. Car j'ay veu force Imprimeurs, comme il y a à Paris & à Lyon, que s'ils ont mis une fois la veuë, en donneront pluftoft pour les imprimer, qu'ils n'en voudroient recepvoir ; car ils en impriment plufieurs *gratis*, qui ne valent les miens. Je m'en puis bien vanter, mefme que je les ay monftrez, au moins une partie, à aucuns, qui les ont voulu imprimer fans rien ; s'affeurant qu'ils en tireront bien profit : voire encore m'en ont prié ; mais, je n'ay voulu qu'ils fuffent imprimez durant mon vivant. Sur·tout, je veux que la-dictei mpreffion en foit en belle

&

& grande lettre & grand volume, pour mieux
paroiftre, & avec privilege du Roy, qui l'oc-
troyera facilement, ou fans privilege s'il fe
peut faire. Auffi prendre garde que l'Impri-
meur n'entreprenne ny fuppofe autre nom
que le mien, comme cela fe fait. Autrement,
ferois fruftré de ma peine, & de la gloire qui
m'eft deue. Je veux auffi que le premier Livre qui fortira de la preffe, foit donné par
préfent bien relié & couvert de velours, à
la Reyne Marguerite, ma très illuftre maiftreffe, qui m'a fait ceft honneur d'en avoir veu
aucuns, & trouvé beaux, & fait eftime.

Je veux auffi & ordonne que mes debtes
foient payées, & en charge mes héritiers &
héritieres, lefquelles font petites. Je recommande efpécialement celle de Monfieur de la
Chaftaigneraye, mon nepveu, qui eft pour la
fomme de cinq cents efcus, que Madame de la
Chaftaigneraye, ma bonne coufine, me pref-
ta; laquelle avant fa mort un mois, l'eftant
allé voir exprès à la Chaftaigneraye, & luy
parlant de cette debte, & l'en remerciant de
la courtoifie, & la priant d'attendre un peu,
que je ne faudrois la payer à ma premiere
commodité, elle m'en renvoya bien loing de
la main & de la parole, & que je ne luy en
parlaffe jamais, & qu'elle me la quittoit fort
librement; car elle m'aymoit plus cent fois
que la debte : comme de vray, à caufe de
l'amitié entre nous deux jurée & entretenue

Tome XIV.   **G**

tousjours dès noftre jeune afge , auffi qu'elle m'avoit de l'obligation d'ailleurs, que je ne dis. Monfieur des Roches y eftoit préfent , qui l'ouyt, & me l'a ramenteu fouvent, qui en pourroit fervir de tefmoings : mais il eft mort defpuis, & la vérité eft telle. Que fi pourtant mes-dicts héritiers & héritieres en font recherchés & contrains de les payer, il faut rabattre fur les-dicts cinq cents efcus , deux cents que je preftay au fils aifné Monfieur Danville , mon nepveu , à la Cour à Paris à fa grande néceffité, dont j'en ay cedulle dans mon petit coffre d'Allemagne, où elle s'y trouvera. Que fi on en demande les intérefts des-dicts trois cents efcus rabattus , bien qu'on ne m'en aye fommé jufques icy , faut rabattre auffi & defduire fur les deux cents efcus de Monfieur Danville de mefme les intérefts. Mais je penfe qu'on ne viendra pas là ; car nous fommes trop proches & bons parents & amis.

Je veux auffi & ordonne , qu'on paye à Monfieur du Prean, Gouverneur & Lieutenant de Roy à Chaftelleraud, la fomme de trois cents efcus, qu'il m'a prefté très-volontierement, & qu'on luy en paye fes intérefts raifonnables. Mais je croy qu'il n'yra à la rigueur, pour l'avoir nourry & élevé de telle forte, que c'eft un des honneftes & vaillants Capitaines de la France, & qu'il m'en a cefte obligation.

Je dois auffi à Monfieur de la Chambre
quelques fix ou fept vingts livres, que je
veux & ordonne luy eftre payées, bien que
je fuis caufe en partie de tout le bien qu'il
a, pour luy avoir fait efpoufer fa premiere
femme, qui avoit force bien, & fur-tout
force efcus.

Pour mes autres debtes, elles font fort petites, & par ainfi ayfées à payer, & que je
veux eftre bien payées : & croy que, après
ma mort, on trouvera encore dans mes cof-
fres, s'il plaift à Dieu, argent affez pour les
payer, & m'en acquitter, voire quafi payer
tous mes fus-dicts légats nommez : & au dé-
faut, faudra vendre de mes chevaux, & quel-
ques-uns de mes meubles, qui font tous affez
baftants pour me defacquitter, s'il plaift à
Dieu, qu'il ne m'envoye autre inconvénient.

Or, je ne doubte point que mes héritiers
& héritieres ne trouvent mes légats & debtes grands & grandes, comme je fçay qu'aucuns en ont fait leurs comptes, les ayant fceu
par teftament que j'avois fait & paffé par Galopin, Notaire, que poffible l'avoient veu ;
& difoient que je les chargeois de trop de
légats & debtes, & parce que je ne leur laif-
fois grande part de mon hérédité.

A cela je leur refpond, & leur dis que je
fuis libre & franc de difpofer du mien comme il me plaift, fans en rendre compte à
aucuns. Auffi que je leur laiffe plus de cinq

fois autant, voire plus, que je n'ay jamais
eu de légitime de ma Maiſon, qui ne s'eſt pu
monter à plus haut de treize mille livres, à
ſçavoir du pere huict mille livres, & de la
mere cinq mille livres, comme leurs teſta-
ments portent partage : certes, fort peu, pour
une ſi grande & noble Maiſon que la noſtre ; ſi que le moindre cadet de Périgord & de
Poictou en euſt eu & hérité ſix fois davantage.

De plus, j'ay quitté mon frere aiſné, Monſieur de Bourdeille, pour les deux légitimes
de mes deux freres morts & leurs ſucceſſions,
pour ſi peu de choſe qui ne valoit pas la peine d'en parler ; ne voulant tirer de luy ce que
j'euſſe pu par juſte droit : mais je luy ay eſté
touſjours très-bon frere, & regarde touſjours
la grandeur de la Maiſon. J'ay eu auſſi grand
reſpect & amitié à Madame de Bourdeille, ma
belle-ſœur & bonne, qui me rendoit la pareille.

De plus, j'ay laiſſé l'eſpace de douze ans
jouyr à mon-dict frere & diſpoſer de tout
mon bien, comme il luy a pleu, dès la mort
de ma mere, tant que j'eſtois jeune & aux
eſtudes, ſans la jouyſſance qu'il a touſjours
eue des bénéfices de St. Vincent-lès-Xainc-
tes, du Doyené de St. Yriers en Limouſin,
& du Prioré de Royan. Il en a jouy comme
il luy à pleu, & en eſtoit quitte à ne m'en
donner que quatre cents livres par an pour
mon entretien aux eſtudes. Leſquels ſuſ-
dicts bénéfices, le brave Capitaine Bour-

deille, mon frere, me donna & réfigna, ne les voulant plus tenir, ny eftre d'Eglife. Je puis jurer, & bien affirmer, que mon-dict frere, Monfieur de Bourdeille, a jouy du refte, qui montoit fort bien le revenu à plus de deux mille livres ; & ce jufques à mon retour de mon premier voyage d'Italie, lequel je fis pour une coupe de bois de la foreft du-dict Yriers, dont le Roy m'en donna la permiffion, & en tiray cinq cents efcus, dont j'en fis le voyage, fans autre argent : dont bien me fervit de le bien mefnager. Et fi mon-dict frere a efté fi mauvais mefnager, & un peu joueur ; de forte que fon bien a beaucoup diminué, tant de fon vivant, qu'après fa mort, je n'en puis mais ; me contentant en mon ame d'avoir fait le debvoir d'un très-bon frere. Si diray je pourtant de luy, nonobftant fon mauvais mefnage, ç'a efté bien un fort homme-de-bien, d'honneur, de valeur & fort fplendide, magnifique, & libéral, comme je l'ay veu paroiftre tel à la Cour & armées.

Ce n'eft pas tout que cefte fus-dicte bonté ; car pour agrandir & maintenir dans fon antique fplendeur noftre Maifon, j'ay facrifié & quitté ma bonne fortune. Car je puis me vanter avoir efté autrefois à la Cour auffi-bien venu, aymé, & favorifé de mes Roys & grands Princes, & connu d'eux pour homme de mérite & de valeur : fi que, fur le

point de me reffentir de leurs bienfaicts &
faveurs & eftats & beaux grades du feu Roy
Henry III, je quittay tout, après la mort de
mon frere, pour affifter à Madame de Bourdeille, ma belle & bonne fœur, en fon veufvage, & l'empefcher de fe remarier, comme
eftant recherchée de force grands & hauts
partis, tant pour fa beauté & de corps &
d'efprit, que pour fes grands moyens, biens
& richeffes, & belles maifons, comme chafcun fçait. Je me rendis fi bien fubject à elles,
& fi près, qu'aucun n'ofa s'approcher d'elle
pour la vouloir fervir, fi-non par ambaffades
fourdes & fecrettes : mais par ma prévoyance
& vigilance, j'en rompis tous les coups, menées & actes ; de telle forte, que fi elle fe fuft
remariée, eftant en l'afge de trente-fept ans,
& pour porter encore force enfants, ceux-
là, qui font aujourd'huy fi riches & ayfés,
n'auroient pas mille livres de rente. Je n'en
plains que leur peu de reconnoiffance en mon
endroit, & mefme de l'aifné, dont je laiffe
à Dieu la vengeance, lequel je prie qu'elle
foit petite & légere ; car je luy pardonne.

Une chofe y a-t-il. C'eft que, par le premier teftament de Madame de Bourdeille, paroift comme elle me reconnoift quatre mille
deux cents efcus, par moy preftez à elle. Comme de vray le font eftez, par plufieurs fois
qu'elle avoit affaire, fans jamais avoir voulu
prendre cedulle ; car auffi-toft qu'elle me de-

mandoit, auffi-toft preft. Comme quand mes nepveux allerent en Italie, & y demeurerent. Une autre fois que je luy preftay cinq cents efcus pour payer ma fœur de Bourdeille, & la jetter hors de la maifon, qu'elle ne faifoit que l'importuner du refte de fon total payement, & oncques puis ne l'avons veuë. Je preftay auffi trois cents efcus pour mon nepveu le Vifcomte, pour aller faire fon ferment à Bourdeaux de fon eftat de Séneſchal de Périgord. Le petit Chabanes, qui vit encore, les vint prendre & toucher des mains du Sieur Laurantio à Brantome, que nous y allafmes difner exprès, mon-dict nepveu Monfieur le Vifcomte, & moy, partant de Bourdeille ; de forte que, fans cet argent & diligence que nous y fifmes pour y aller, poffible n'euft-il fait là fi bien fes affaires, pour des raifons qui fe difoient & s'alléguoient pour lors, que je ne veux dire.

Et d'autant que le codicille, que fit puis après fon reftament premier ma-dicte Dame de Bourdeille à Archiac fans que j'en fceuffe jamais rien, fi-non après fa mort qu'on me le fit fçavoir, dont j'en fus fort eftonné ; car elle me difoit & conféroit de plus grandes chofes, voire tous fes premiers fecrets ; elle le fit pour l'advis du Sieur Dumas, lequel y fit mettre cefte claufe & article, que madicte Dame defire, que les-dicts quatre mille deux cents efcus tournent après ma mort à

Monſieur le Viſcomte, ſon fils aiſné, & à ſa maiſon. Ce fut donc le-dict Sieur Dumas qui en minuta ou en fit faire le-dict contract, eſtant lors près d'elle, & ce pour faire ſon accord avec mon-dict nepveu, d'autant qu'il l'avoit perſuadé & pouſſé à luy laiſſer quelques rentes proches & commodes à luy & du tout ennoblies, dont ma-dicte Dame fut fort en colere, & mal contente contre luy, comme je le vis, & contre ſon fils, Monſieur le Viſcomte, pour l'avoir fait ſans ſon ſceu, qui n'eſtoit non plus content du-dict Sieur Dumas de l'avoir ainſi abuſé & trompé : & pour ce, le-dict Dumas, pour faire ſon accord avec Madame & ſon fils, fit mettre ceſte ſus-dicte clauſe & article dans le-dict codicille ; ce qui me rendit fort eſtonné, quand je vis ce-dict codicille & article après ſa mort, & de quoy il m'avoit eſté ainſi celé & caché : de ſorte que quaſi j'entray en doubte ſi le-dict codicille eſtoit vray ou faux, & ſi le ſuis encore, dont je m'en rapporte aux conſciences des perſonnes. Tant y a, d'autant que ceſte-dicte clauſe & article me touche grandement, & à mon honneur, pour des raiſons que je ne veux alléguer ny deſduire, très-bonnes & pertinentes, que le monde ſçauroit fort bien auſſi deſduire, au moins aucuns, je veux & ordonne, que mes héritiers & héritieres participent tous unanimement & eſgalement duſ-dicts quatre mille deux cents eſcus, & les par-

tagent enfemble doucement & par bons ac-
cords & arbitres ; eftant une contradiction
par le premier teftament, qui dit & advoue
par ma-dicte Dame, qu'elle avoit eu de moy
par preft les-dicts quatre mille deux cents
efcus, comme il eft très-vray ; & puis, par
le codicille, me les ofter, eft quafi comme
les defadvouer: en quoy il y va de l'honneur
de ma-dicte Dame & de moy, & que c'eft
une vraye fourbe. Par-quoy mes-dicts héritiers & héritieres en pourroient paffer à l'a-
miable, afin que l'honneur de ma-dicte Dame
& le mien en cela foit confervé, ainfi que
je l'ay bien confulté par bon confeil de Paris
& Bourdeaux : & par ainfi, je veux mon
bien en cela eftre efgalement defparty, tant
aux uns qu'aux autres ; auffi que mon-dict
Sieur de Bourdeille m'a fort maltraicté & fait
force traits & frafques infupportables, & peu
dignes d'un bon nepveu. Dieu luy pardonne.
Mais Madame fa fage mere ne luy avoit pas
recommandé ny commandé cela, ains de
m'aymer & m'obéyr comme fi j'eftois fon
pere, & me porter pareil refpect : non pas
m'affifter d'une feule follicitation pour mes
procès, & principalement pour celuy de la
Confeigneurie de Brantome, contre le Sieur
du Peraux, ny contre la Borde, dit Servart.

Je fçay bien que mon-dict nepveu me voudra mal de cet article, & qu'il en dira prou
après ma mort; mais s'il veut confidérer bien

le tout, il trouvera que j'ay beaucoup de raifon. Et qui ne fe contentera de fi peu de bon bien, qu'il le quitte : il faira plaifir aux autres, qui s'en contenteront bien, & ne le defdaigneront point.

Il y a encore une autre claufe & article dans le-dict codicille, que par mefme coup, & mefmes raifons que j'ay dict, le-dict Sieur Dumas y fit mettre & inférer, commé ma fus-dicte Dame défire, que la Confeigneurie de Brantome retourne à la maifon du Sieur de Bourdeille. Dieu me foit tefmoing & juge du confeil qu'en cela je luy donnay, pour l'avoir & acquérir pour elle, à caufe de la nourriture de la Damoifelle Delifle l'efpace de vingt ans, & pour autres raifons : & puis jurer que ma-dicte Dame mefprifoit cela fans moy, fi qu'elle me dit : *Frere, je defire donc cet acquet ; mais je veux qu'il foit pour vous. Je vous le donne. Faites-en voftre profit comme pourrez ; car il eft près de vous à Brantome.* Pour fi peu qu'elle vefquit après, je n'en jouys de quafi rien ; car le bien eftoit tout brouillé & en litige : & ceux qui prétendoient, comme le Seigneur du Peraux & autres, n'y ofoient pourtant que peu toucher ; car c'eftoit une Dame de fi grande authorité, qu'on la craignoit plus que l'efpée de fon fils, comme il parut après fa mort : dont long-temps après s'en accorderent, tellement quellement, dont j'en fus

bien-ayfe, non pour un grand profit que j'en
aye tiré, mais pour la commodité qui fera
après ma mort au-dict Seigneur de Bourdeille. Et veux fort bien que la Confeigneurie
tombe à luy, & à nuls autres, pour agrandir
tousjours noftre Maifon, bien qu'elle m'ayt
beaucoup coufté d'en tirer quelques petits
fruits. Car le-dict Sieur de Peraux intimidoit
les tenanciers à ne payer, bien que Monfieur
de Bourdeille, par la tranfaction qui fe fit
entre nous deux, eftoit tenu de m'en garantir & pourfuivre le procès ; ce qu'il n'a jamais fait, non pas feulement le faire folliciter. Je paffe donc le-dict article & claufe de
cefte-dicte Confeigneurie fort légérement,
mais non celle des quatre mille deux cents
efcus, qui me font fort deubs, & en puis fort
bien difpofer après ma mort : autrement il y
va fort bien de mon honneur, comme j'ay
dict. Ce que ne voulant desbattre, lors de ma-
dicte tranfaction, pour n'entrer en procès &
conteftation avecques luy fi-toft après la mort
de feue ma-dicte Dame, craignant de pertur-
ber fes honorables manes fi-toft après fon décès, je me contentay feulement de la jouyffan-
ce de la Tour-blanche, à mon regret pourtant : car j'euffe mieux aymé mes-dicts quatre
mille deux cents efcus, pour m'ofter de ce
Pays fort fafcheux à moy, & m'en aller fi
loing qu'on ne me vift jamais ; car j'eftois
defefpéré de la mort de cefte honnefte fœur

& Dame Madame de Bourdeille, & m'accorday de ceste façon avec luy ; & auffi, qu'il n'avoit nul moyen de me donner argent. Il avoit d'autres affaires d'ailleurs à me payer, & de plus que je penfois qu'il me deuft eftre meilleur nepveu qu'il n'eft, & mieux reconnoiffant les bons offices & fervices que je luy ay faits. Dieu luy pardonne fes ingratitudes ; car j'ay crainte qu'il l'en puniffe, eftant un vice que cefte ingratitude fort defagréable à fa divinité. Entre autres, en voicy une qui leve la paille. Un jour eftant à la Tour-blanche, dans la falle, il dit tout haut, devant force Gentils-Hommes & autres, fur le fubjeçt qu'il n'avoit obligation à homme au monde qu'au Sieur de Marouatte, qui luy avoit fait avoir la réfignation à Monfieur de Perigueux de fon Evefché, pour l'y avoir pouffé & perfuadé : dont je cuyday partir de colere contre luy ; mais je me commanday & m'arreftay, de peur d'efcandale : lequel mon-dict Evefque j'avois fait & créé tel, par la nomination & brevet du Roy ; car ce fut moy qui la luy demanday pour mon frere & pour moy, ayant veu le-dict Evefque un chétif petit Moyne de St. Denys, & l'avoir ainfi tel créé contre l'opinion de Madame de Dampierre, ma tante, qui ne le vouloit, en me difant plufieurs fois, que j'en maudiray l'heure de le colloquer en fi haut lieu, *ce vilain Moyne*, ufant de ces propres mots :

& que son pere avoit fait souvent pleurer ma mere. Croyez que ceste honneste Dame prophétisa bien ce coup. Car il fut aussi ingrat en mon endroit, que son cousin, le-dict Monsieur le Viscomte, que ceste fois m'alla payer de ceste sorte, pour n'avoir obligation qu'au Sieur de Marouatte, nullement certes comparable à moy en obligation, ny en valeur & mérite, pour n'avoir esté jamais autre qu'un amasseur de deniers, & que j'ay veu parmy les bonnes compagnies, qu'on nommoit que petit Brodequin, nom à luy donné par Messieurs de Coultures & la Boue-Saunier, bien contraire à mon nom tant bien connu & estimé parmy la France & ces grands & autres Pays estrangers, pour avoir tant battu de terres & mers, que l'on faisoit beaucoup de cas de moy.

Et pour parler de ceste grande sus-dicte obligation de Marouatte, ne faut douter, que si j'eusse voulu m'opposer à la-dicte résignation, pour après estre faite en demander la moitié de la-dicte Evesché, je l'eusse pu faire ayséement, & en estois sur mes pieds pour en avoir jouyssance, selon l'Ordonnance de nostre grand & bon Roy d'aujourd'huy & de son Conseil, par la mort du titulaire, qui ne déroge rien au droit du Gentil-Homme qui a sa part, comme paroist par mon brevet du Roy Henry III, & comme sa-dicte Majesté me donne la moitié de la-dicte Evesché, &

à mon frere l'autre. Et fi l'on vouloit alléguer
la tranfaction faite entre moy & l'Evefque,
c'eft une chanfon ; car qu'on la life bien, elle
ne fait rien contre mon droit ny que j'en
quitte ma moitié. Bien eft vray que par paroles, je promis que, tant qu'il vivroit, je
luy quittois ma dicte moitié, & ne luy de-
mandois rien en fon vivant. N'eftois-je pas
donc, luy mort, tousjours fur mes pieds d'en
répéter ma-dicte moitié, & m'oppofer à la
fus-dicte réfignation, & la demander par le
dire du Confeil privé, & felon l'Edict &
l'Ordonnance du Roy pour pareille chofe ?
D'autant que le titulaire mort, le Gentil-
Homme, qui a fur fa piece fa moitié, ou
fa part & penfion, ne la pert nullement. Cela
eft très-feur. Voilà pourquoy on peut bien
confidérer la gratification que j'ay faite en
cela à mon-dict Sieur de Bourdeille, fans
l'avoir nullement inquietté fur cefte-dicte moitié, comme j'ay trouvé fort bien par le confeil mefme du Confeil privé, laquelle dicte
Evefché bien affemblée vaut fort bien quinze
mille livres de revenu, comme je l'ay fait
valoir cela, quand je la faifois mefnager par
mes mains, par lefquelles tout fe paffoit,
comme l'ayant demandé & obtenu du Roy
& de la Reyne fa mere : & en fis faire toutes les defpefches tant de Leurs Majeftez,
que de Rome, à mes defpéns. Voilà donc
fi le-dict Sieur de Bourdeille devoit avoir

fi grande obligation au Sieur de Marouatte plus qu'à moy. Et quand le-dict Evefque euft fait de l'afne, comme il eftoit, je l'euffe bien fait tourner au bafton, & jouyr de fon Evefché, en luy donnant quelque part, comme j'avois fait d'autres fois, felon le brevet du Roy que j'ay vers moy, & Monfieur de Bourdeille, mon frere, ne l'eut jamais. Et fi Monfieur de Bourdeille fe fuft fié en moy, & m'euft conféré de tout cefte affaire, nous en euffions bien eu la raifon, & de l'Evefque, & de l'Evefché; car il me craignoit comme la créature fait fon créateur que luy eftois tel, dont il m'en fut ingrat ingratiffime. N'en parlons plus.

Or, venons maintenant à mon hérédité. Je fais & inftitue mes héritiers & héritieres univerfels & univerfelles, Meffire HENRY DE BOURDEILLE, & Meffire CLAUDE DE BOURDEILLE, mes nepveux; Madame JEHANNE DE BOURDEILLE, Comteffe de Durtal, ma niepce, & Mefdames d'AMBLEVILLE & de ST.-BONNET, mes autres niepces. Je defire auffi que Madame D'AUBETTERRE HIPOLITE BOUCHARD en aye quelque part en mon hérédité: non pour confidération de DAVID BOUCHARD, fon pere; car il ne m'ayma jamais, ny moy luy, bien qu'il me fuft fort obligé, mais pour l'amour de Madame fon honnefte & bonne mere RENÉE DE BOURDEILLE, ma chere niepce,

qui m'a tousjours aymé & fort honoré. Auſſi
je l'ay aymée & honorée de meſme & la
regrette tous les jours. Mais je veux & entends qu'au cas que mes-dicts nepveux &
niepces, héritiers & héritieres, tant qu'ils &
qu'elles , que leurs enfants ne me portent
le reſpect & amitié qu'ils & qu'elles me
doibvent ou leurs maris. ainſi que Madame
leur très-ſage mere le vouloit, & leur com-
mandoit, & conſidéroit ; & qu'ils ne faſſent
cas de moy en ma caduque vieilleſſe ſi par
cas j'y parvienne , que Dieu ne le veuille
toutesfois, en cela ſa volonté ſoit faite : je
veux & entends, le dis-je encore, que ceux
& celles qui m'auront maltraitté & abandonné , ſans faire cas de moy, ny preſté ayde ,
ny fait de bons offices en ma vie, & donné
des meſcontentements, n'ayent aucune part ny
portion en ma-dicte hérédité & ſucceſſion ;
ains qu'elle aille & tourne à ceux & celles
qui ne m'auront abandonné, & fait de bons
& pieux offices, & eu pitié de moy juſques
à ma mort. Et dis bien plus, que ſi par cas
je viens avoir & recepvoir quelque injure,
offenſe & attentat, voire l'exécution ſur ma
vie, tant des miens que d'aucuns eſtrangers,
dont je n'en puiſſe avoir raiſon ny revanche,
à cauſe de ma déboleſſe & foibleſſe d'aſge,
ou autrement, je veux & entends que mes-
dicts nepveux & niepces, ou leurs maris, en
pourſuivent & faſſent la vengeance toute pa-

reille que j'euffe faite en mes jeunes & vigou-
reufes années, pendant lefquelles je me puis
vanter, & en rends graces à mon Dieu, n'en
avoir jamais receu aucunes fans aucun reffen-
timent ny vengeance, ainfi qu'à la Cour &
aux armées on eft fort fubject d'avoir des
querelles, foit de gayeté, ou autrement : &
ceux & celles de mes héritiers & héritieres,
ou leurs maris, qui en négligeront la-dicte
vengeance, & ne la fairont, foit par les armes ou la juftice, je veux qu'ils n'ayent
rien de mon-dict bien, ains qu'il aille tout
à ceux & celles qui s'en reffentiront. Et fi
tous & toutes, ou aucuns ou aucunes, ce
que ne puis croire au moins de tous & toutes,
ne s'en reffentent, je veux que tout mon
bien aille aux pauvres, aux quatre Mandiants
& Hoftel-Dieu de Paris. J'en avois donné une
partie ainfi aux Religieux de Brantome : mais
j'en révoque la donnation, d'autant qu'eux
par trop ingrats des bénéficies receus de moy,
pour curieufement les avoir garantis & con-
fervés des guerres paffées, comme un chafcun
fçait, m'ont fufcité des procès, & plaidé contre moy ; & par ainfi, faut punir leur ingratitude par trop grande.

Et d'autant que le Sieur de la Barde de
St. Crefpin, dict Guillaume Mallety, à
caufe de fa foire de Saunier, m'a fait plaider
& tant chicanner l'efpace de douze ans, tant
pour fon hommage à moy deub, que pour

autres debvoirs deubs à ma Terre de St. Crefpin & Chasteau de Richemond, dont le procès est encore pendant en la Cour de Bourdeaux, qui m'a cousté fort bien mille escus,
tant pour ses délais, remises, subterfuges,
cavillations, chicanneries, & faveurs du-dict
Bourdeaux, je veux & entends que mes sus-
dicts héritiers & héritieres en poursuivent
le-dict procès à toute outrance, s'il n'est avant
ma mort assoupy, soit par accord ou par
arrest, & le menent jusques à la derniere fin;
m'asseurant tant en mon droit, qu'ils en tireront fort bien la raison : jusques-là qu'ils en
pourront retirer la maison de la Barde; car
il me peut debvoir fort bien plus de douze
mille livres, n'estant raisonnable de laisser en
repos ce petit galand, extraict de belle famille, son grand-pere ayant esté Notaire,
dont s'en trouve force contracts encore en
Perigord, signez MALLETY. Et ceux &
celles de mes-dicts héritiers & héritieres qui
ne poursuivront vivement le-dict procès, je
les deshérite, & en donne leurs parts aux
autres qui s'en ressentiront mieux, & le per-
sécuteront à toute outrance, & en prendront
mieux l'affirmative.

Je sçay bien que Monsieur de Bourdeille,
& le Seigneur d'Ambleville, l'ont soustenu
autres fois : mais je m'en remets à eux sur
leur honneur & conscience ; car le-dict la
Barde estoit fort proche du-dict Sieur d'Am-

bleville, à cause d'une sienne grande-tante,
mariée avec le-dict Mallety, Notaire, comme
je luy ay ouy dire. Mon nepveu le Baron
l'a aussi souftenu & aymé, dès le voyage de
Provence : mais je laisse le tout sur son ame,
& des autres aussi.

Je ne veux ny entends que ma maison &
beau chasteau de Richemond, que j'ay fait
bastir curieusement & avec peine & grand
coust, s'alliene, se vende, ny s'engage autrement, pour nécessité aucune qui soit, à
aucun estranger ; car je veux qu'elle demeure
à la maison dont je suis forty, en signe de
mémoire. Car je serois bien marry, si estant
là-haut, où Dieu me faira la grace de m'y
recepvoir s'il luy plaist, je visse ceste belle
maison & chasteau, que j'ay fait bastir avec
si grand travail, eust changé de main, &
tombé entre une estrangere. Cependant, je
veux & entends, que ma-dicte niepce la
Comtesse de Durtal, ayt le-dict chasteau avec
ses préclautures du parc & du jardin, & ses
basse-cours, pour sa demeure tant qu'elle
vivra seulement, & demeurera veufve sans
qu'elle se remarie ; & ce pour n'avoir aucune
demeure en ce pays près de la maison dont
elle est sortie ; & pour s'approcher aussi de
ses proches, bien qu'elle aye sa maison la
Vasouziere de son douaire, mais elle est par
trop loing des siens, & de plus que l'air y
est très-beau, bon & salutaire, qui luy a

fait grand bien, & à fa tante, tant qu'elle
s'y eft tenue. Mais eftant remariée, elle aura
d'autres maifons de fon mary, où elle s'y
tiendra le plus fouvent, & n'en voudra d'autres : & puis s'eftant remariée, ou bien morte, qui fera quand il plaira à Dieu, je veux
& ainfi l'ordonne. Je veux auffi, & encharge
ma-dicte niepce Comteffe, d'entretenir la maifon comme il faut, fans la laiffer defmollir ny
dépérir, & qu'elle la laiffe auffi entiere & belle
comme je la luy laiffe, cela s'entend tant
qu'elle y demeurera, & ne fe remariera ; car
autrement, elle en auroit la confcience char-
gée, & me fairoit tort, & à fon petit nepveu
CLAUDE DE BOURDEILLE, qui eft fi
bien né, & fi joly, qui, je m'affeure, l'entre-
tiendra très-bien, & en célébrera ma mémoire
pour tout jamais, en difant : *Voilà un préfent*
que mon grand oncle me fit.

Je veux auffi que la moitié des plus grands
Livres de ma Bibliotheque foient mis & ferrez dans un cabinet de Richemond, & con-
fervez très-curieufement, fans les diffiper
deçà, de là, & n'en donner pas un à quiconque foit : car je veux que la-dicte Bibliotheque demeure chez moy, pour perpétuelle
mémoire de moy, dans un cabinet de Richemond.

Je veux de mefme qu'aucunes de mes plus
belles armes demeurent auffi en un cabinet
de Richemond, & y foient en mefme gar-

de , comme mes eſpées , & ſur-tout une argentée , que Monſieur de Guyſe , mort & maſſacré derniérement , me donna au ſiege de la Rochelle , me déférant ceſt honneur de dire qu'elle m'eſtoit bien deue pour la ſçavoir bien faire valoir , & telles armes , ainſi qu'il avoit veu. Il y a auſſi d'autres & longues belles Eſpagnolles , toutes de combat , & bonnes , & eſprouvées. Plus , deux harquebuzes de meſche , que j'ay fort aymées & portées en guerre , & fait valoir. Plus , mes armes complettes , tant de la curiaſſe , braſſard , ſallade , & cuiſſot , que le Seigneur Contanho me garde en ſa chambre de Brantome. Plus , une rondelle couverte de velour noir à preuve , que feu Monſieur le Prince de Condé me donna au ſiege de la Rochelle , au moins après ne s'en ſervant plus , & me pria de la garder pour l'amour de luy , & porter en guerre ; ce que j'ay fait , & bien gardé , comme j'ay fait l'eſpée ſus-dicte de Monſieur de Guyſe , & leur promis les garder tout durant ma vie & après ma mort. Je veux auſſi qu'on me garde , avecques les ſus-dictes armes , un chapeau de fer , couvert d'un feutre noir , avec un cordon d'argent , que je portois à pied aux ſieges de Places , où je me ſuis trouvé aſſez. Et s'il eſt poſſible , appendre toutes les ſus-dictes armes dans ma chapelle de Richemond , je le voudrois fort , ainſi qu'on ſai-

foit jadis aux anciens Chevalliers. La mémoire
en feroit beaucoup plus honorable. Je laiffe
cela à Madame la Comteffe ma niepce, qui
en aura le foin, puis que la demeure luy eft
affignée, fi elle ne fe remarie, comme j'ay
dict cy-devant.

Et de tout ce que deffus pour maintenir
& bien entretenir, je fais exécuteur de mon-
dict teftament, Monfieur de la Chaftaigneraye,
mon cher nepveu, s'il luy plaift, & l'en prie,
enfemble Monfieur du Preau, Lieutenant du
Roy & Gouverneur à Chaftelleraud, que
j'ay nourry Page, & s'eft fi bravement &
généreufement pouffé à cefte digne Charge, par fes belles armes & bon courage;
avec Monfieur Thommaffon, Advocat en la
Cour Préfidiale de Périgueux, mon principal & ordinaire confeil, que j'eflis pour affifter Meffieurs mon-dict nepveu & du Preau,
& les relever d'autant de peine; en ce qu'on
luy paye fes peines & falaires, comme de
raifon, au dire de mes-dicts Sieurs exécuteurs : les fuppliant très-tous de tenir main
bonne & forte à mon intention & totalle
difpofition.

Sur-tout, je caffe & révoque par ceftuy
icy dernier tous autres teftaments & difpofi-
tions par moy faits & faites cy-devant, enfemble toutes donnations qu'on pourroit fup-
pofer & prétendre par moy faites. Je n'en
fis jamais, ny prétends d'en faire, dont j'en

protefte devant Dieu. Pour teftament, j'en ay fait un, paffé par les mains de Galopin, Notaire de Brantome; mais je le caffe & révoque du tout par ceftuy-cy, enfemble le codicille paffé par le mefme Galopin. Et fi l'on en produit d'autres, je dis qu'ils font faux, & les caffe comme tels & nuls; car je fçay bien que beaucoup de Notaires d'aujourd'huy s'aydent de telles fauffetez, auffibien pour les grandes Maifons, que pour les petites, pour eftre menacés & contraints; & pour ce, je prie Meffieurs les exécuteurs d'y advifer. Et pour ce, par ces raifons, j'ay fait ce-dict teftament folemnel, efcrit & figné de ma main.

Pour totale fin, je donne mes bagues, & petits joyaux, à mes fus-dicts nepveux & niepces, de très-bon cœur, & les prie de les garder & porter pour l'amour de moy, tant que leur vie durera, en fouvenance de moy, leur bon oncle, qui les ay aymez & honorez d'une amitié très-ferme & fidelle. Sur ce, je fais fin à ce-dict teftament, au nom du Pere, & du Fils, & du Sainct-Efprit, & de la bénite Vierge Marie, & Madame Saincte Anne, comme je l'ay commencé.

Je ne doubte point que plufieurs perfonnes ne trouvent ce-dict teftament par trop long & prolixe. Tel a efté mon vouloir & mon plaifir. J'en ay veu d'autres en ma vie bien auffi longs. J'en ay pris le modelle fur

ce grand Chancelier Monſieur de l'Hoſpi-
tal, de meſme auſſi long, que j'ay inſéré
dans mes Livres (1); mais ſi l'ay-je un peu
abrégé. De plus, je ſuis nay d'une grande
& illuſtre Maiſon. J'ay le cœur grand, qui
me l'a donné, & que j'ay fait paroiſtre en
pluſieurs beaux & divers endroits. J'ay eu
de l'ambition ; je la veux encore monſtrer
après ma mort. Auſſi que je n'ay voulu me
confier mes volontez, & dire à ces petits
Notaires, qui, la pluſpart du temps, ne
ſçavent dire ny repréſenter nos intentions &
vouloirs. Et en euſſe dit encore plus, ſans
la trop grande prolixité. Je ſais doncques
fin, ſelon mon vouloir & contentement, &
y euſſe mis & adjouſté de beaux & gentils
exemples, pour mieux adoucir le tout ; mais
c'eſt aſſez.

Ainſi ſigné,

P. DE BOURDEILLE.

---

(1) *Ci-deſſus*, *Tome VIII*, *Diſcours LXII*,
p. 144 *& ſuiv. des* Hommes illuſtres François.

PREMIER

PREMIER CODICILLE.

J'ADJOUSTE à ce ſus-dict Teſtament les ſoubs-dicts articles, par forme de Codicille, que j'aurois oublié, dont je me ſuis adviſé, que je veux & entends que mes ſus-dicts nepveux & niepces, héritiers & héritieres, ſoient recompenſez de ſeize mille eſcus une fois payés, en récompenſe & deſduction de l'eſtime du baſtiment beau de Richemond, qui ſe pourroit eſtimer à beaucoup, juſques à vingt mille eſcus, veu ce que m'a couſté à le faire baſtir, & rendre en ſa beauté, avec le parc, & le jardin, & les préclautures, que le tout m'eſt venu en deſpenſe de grand argent, comme un chaſcun peut juger, veu la grandeur & ſuperbité du-dict chaſteau; & pour ce, la-dicte récompenſe ſe pourra prendre des-dicts ſeize mille eſcus francs ſur aucunes rentes & meſtairies, qui en ſont deſpendantes, que l'on pourra vendre & engager, ſelon qu'elles ſont appréciées; n'y comprenant en cela Madame de Durtal, ma niepce, à cauſe de la jouyſſance qu'elle aura durant ſa vie, ſi ne ſe remarie, que pour n'avoir auſſi d'enfants, ny en aſge ny eſtat d'avoir : & par ainſi, je veux que mes autres nepveux & niepces, héritiers &

Tome XIV.   H

héritieres, qui ont des enfants, s'en reſſentent : cela s'entend de ceux & celles qui m'auront aymé, & fait cas de moy, ny fait de fraſques, de mauvais offices ; autrement, rien pour eux, ny elles, ny leurs enfants.

J'avois auſſi oublié à dire, que le grand pont de Brantome, dont l'on va au jardin, & le champ, où ſont plantez les ormeaux, & le jardin, je prétends, qu'ils ſont à moy, & en ma totale diſpoſition, parce qu'ils furent acquis de Meſſire Pierre de Mareuil, Monſieur l'Eveſque de Lavau, & Abbé de Brantome, & en achepta le champ des bonnes gens qui avoient là leurs chanvres, qui luy couſterent bon ; mais pour ſa faveur, il fallut qu'ils luy laiſſent avec bon argent ; avec auſſi le petit pré auprès de la riviere, que j'ay mis maintenant en un Cherebaud. Monſieur d'Auzances, mon bon couſin, qui courut la-dicte Abbaye pour moy, après la mort du-dict Monſieur de Lavau, ſon oncle, comme ſon héritier en prétendit les-dicts pont, jardin, & autres ſus-dicts champs, eſtre acquets faits du-dict ſon oncle, & pour ce le tout appartenir à luy, & l'euſt très-bien conteſté contre quelque autre qui euſt eu l'Abbaye que moy : mais, pour la parenté & bonne amitié qu'il me portoit, il acquieſça, & m'en fit don librement du tout, ſans jamais plus en parler ; & pour ce, je m'en appropriay & jouys tousjours comme de mon

propre , & véritablement à moy très - bien
donné , & non comme appartenant à l'Abbaye. Mefme , après la mort du-dict Monfieur d'Auzances, mon bon coufin, Madame
de Sanfac , fa fœur & fon héritiere , m'en
voulut inquietter & demander le tout, pourtant par forme de rifée , car elle m'aymoit ;
me difant, que fi c'eftoit un autre que moy,
qu'elle desbattroit le tout par bon procès, &
m'en priveroit. Mais je luy rompis le coup,
tout en ryant auffi, & fus quitte de luy donner un diamant de cent efcus que j'avois au
doigt. Par ainfi , nous demeurafmes bons coufins & amis, & le plus fouvent m'appelloit
mon coufin *Monfieur du Pont*, ou *Monfieur
du Verger*. Et voilà pourquoy je veux &
entends, que ce - dict grand pont, la place
des ormeaux, le beau grand jardin, & le pré
qui en defpend au-dehors , fe partagent entre
mes héritiers & héritieres , ainfi qu'ils verront, & en faffent leur profit. Car tel Abbé,
qui viendra après ma mort , fera bien-ayfe
d'achepter le tout , & beaucoup, pour une fi
belle commodité. Mefme que je fus une fois
& long-temps, en deffein d'y faire baftir un
chafteau en forme de citadelle, par defpit,
pour commander aux environs & chemins ;
& avois là desjà fait le marché d'un champ là
auprès, qui appartenoit à Rafteau, à caufe de
fa femme : mais la defpenfe qu'il m'a fallu
faire aux guerres, à la Cour, & aux voya-

ges, me retrancha cefte defpenfe, qui fuft
eftée grande & belle chofe à voir. Et par
ainfi mes dicts héritiers & héritieres fe pourront prévaloir de mefme, & y pourfuivre
ce mefme deffein s'ils veulent; & n'eft à mef-
prifer d'y baftir au lieu où il y a eu autrefois
un chafteau, dont les ruynes qui paroiffent,
pourroient fervir ; car c'eft un beau bien &
qui mérite bien une jolye maifon.

Ainfi figné,

P. DE BOURDEILLE.

ACTE *Notarial pour ce* TESTAMENT.

CEJOURD'HUY, trentiefme du mois de Décembre mille fix cent neuf après-midy, au Chafteau de la Ville de Brantome, par-devant moy Notaire Royal foubfigné, & en préfence des tefmoings bas nommez, a efté préfent Meffire PIERRE DE BOUR-DEILLE, Confeigneur de Brantome, & Baron de Richemond, demeurant pour le préfent au Chafteau de Brantome, lequel a dict & déclaré, en préfence de moy dict Notaire foubfigné, & tefmoings bas nommez, ce préfent papier & efcrit cy-deffus eftre fon *Teftament & derniere volonté*, efcrit & figné de fa propre main; voulant yceluy eftre valable, & caffant tous autres; & a requis à moy Notaire foubfigné en faire & paffer inftrument après fon décès à tous ceux qu'il appartiendra; ce que luy ay octroyé. Le-dict *Teftament* eft clos & fermé, & fcellé du fceau du-dict Sieur, en préfence de LAURENS SPLANDITEUR, Efcuyer; Maiftre ESTIENNE DU CHASSAING, Juge de Brantome; Maiftre VICTOR RICHARD, & JEAN GIRRY, Preftre; Maiftres JEAN &

JACQUES MATHAUD, Practiciens, & JEAN GIRY, Greffier du-dict Brantome, tous habitants de la-dicte Ville de Brantome; tesmoings connus & appellez par le Sieur testateur, qui a signé ces présentes à l'original avecques les-dicts tesmoings & moy,

Ainsi signé,

LOMBRAUD, *Notaire Royal.*

DERNIER CODICILLE.

Du 5 Octobre 1613.

SCACHENT tous qu'il appartiendra, que comme il y a quelques années que je fis & escris de ma propre main mon *testament* solemnel & autentique, avec quelques petits *codicilles* de ma mesme main, dont je faisois mes héritiers & héritieres compris dans lesdicts *testament* & *codicille*, & veux qu'il soit du tout entiérement tenu & exécuté : & d'autant que les exécuteurs contenus au-dict testament sont décédez, comme Mr. de Lauzan, mon bon cousin, Mr. du Preau, Gouverneur de Chastelleraud, mon grand amy, & Mr. Thommasson, Advocat à Perigueux, mon principal conseil, sont morts, je me suis advisé m'instituer Madame la Comtesse de Durtal, ma chere niepce, très-sage & très-advisée, d'en estre exécuteresse, en y appellant tel sage & advisé personnage qu'elle sçaura bien choisir pour luy assister, d'autant aussi, qu'elle est l'aisnée de tous ses freres & sœurs.

Et pour mieux approuver ce faict, j'ay donné toutes mes clefs, tant grandes que petites, tant celles de Brantome que d'icy, à Monsieur Coustancie, pour les bien garder

& ſerrer fidélement , juſques à ce qu'il les
ay commiſes fidélement entre les mains de
ma-dicte Dame la Comteſſe ; lequel me l'a
ainſi juré & promis de le faire, ſans les autrement commettre en autres mains que de
ma-dicte Dame, luy enchargeant ſur-tout la
récompenſe de mes ſerviteurs compriſe &
eſcrite dans mon teſtament.

Et d'autant que le terme ſeroit trop long
pour faire l'ouverture du-dict teſtament ſo-
lemnel , & faire trop attendre mes pauvres
ſerviteurs & ſervantes pour leur vie, je veux
qu'ils vivent & ſoient entretenus de mes biens
qui me ſont deus , & rentes de la St. Michel,
leſquelles me ſont deuës , & vivent céans,
comme ſi j'eſtois en vie, juſqu'à la-dicte ouverture , & qu'ils y faſſent bonne chere. Car,
Dieu mercy, je laiſſe force vivres, tant icy
qu'à Brantome, tant de bled que de vin.

Et pour ma ſépulture, il y a long-temps
que je l'ay faite baſtir , & choiſir ma Chapelle de Richemond : & deux jours aprèſ
ma mort, que mon corps ſoit mis dans une
caiſſe bien proprement comme il faut, & la
faire charger ſur mes mulets, accompagnez
d'aucuns de mes ſerviteurs & Officiers de
Sainct-Creſpin, de Richemond, & de Brantome, & là y faire un Service honneſte pour
la ſépulture, y appellant Meſſieurs les Religieux, auſquels j'ay laiſſé un honneſte légat

dans le·dict *teſtament* ; le tout ſans pompe &
ſolemnité.

Et ce que deſſus, & qui eſt enclos en mon-
dict *teſtament* & *codicille*, veux & entends
eſtre ſuivy ſelon ſa teneur. Et pour plus am-
ple teſmoignage, ay prié & requis les ſoub-
ſignez de ſigner à ma requeſte au Chaſteau
de la Tour-blanche, le 5 Octobre 1613, &
outre ay prié & requis Monſieur DE BOUR-
DEILLE de prendre & gouverner le tout,
ainſi que par ceſte-cy je luy donne pouvoir,
en préſence de Mr. DOMMINGE, Preſtre,
& Mr. GIRARD, Médecin, & de Maiſtre
GUILLAUME, Apotiquaire.

MAXIMES

ET

ADVIS

DU MANIEMENT

DE LA GUERRE,

*Et principalement du Debvoir & Office
du* MARESCHAL-DE-CAMP,

Par ANDRÉ DE BOURDEILLE, Frere
aiſné de BRANTOME.

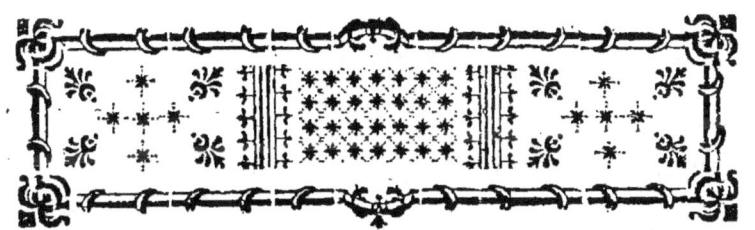

EPISTRE

DÉDICATOIRE.

AU ROY.

S<small>IRE</small>,

Il a pleu à V<small>OSTRE</small> M<small>AJESTÉ</small>
*par plusieurs fois me commander de
dresser par escrit des Maximes & Advis du maniement de la Guerre, en
ce qui concerne, tant l'estat du Général & Chefs principaux d'une armée, que sur-tout du debvoir & office
d'un Maréchal-de-Camp, qui est la*

plus importante Charge de toute une
armée, d'autant qu'en la dextérité &
suffisance d'ycelle dépend de gaigner
& prendre l'advantage pour le gain
de battaille, comme au contraire la
perte.

Mais, SIRE, ce n'est sans cause,
si je redoute de m'embarquer en ce Vostre réytéré commandement en l'endroit
& la Majesté d'un tel Roy, pourveu d'une si grande dextérité d'esprit,
d'un si meur & rassis jugement, d'une
si longue & bien fortunée pratique &
expérience au faict des armes & de la
notice de toutes choses, qu'il est en
luy plustost de censurer le deffaut d'autruy, que d'en tirer soulagement : &
estime, que, tout ainsi qu'un maistre
d'escole fait réciter & prendre la leçon à son disciple devant luy, Vous
voulez sonder & faire un essay de ce
que je puis avoir retenu & appris de
Vos si excellents discours, advis, &
résolutions, en tant de rencontres, stra-
tagesmes, battailles, sieges de Villes,
& autres factions militaires, où Vos-

TRE MAJESTÉ s'est si souvent trouvée en propre personne, pour y commander avec bien heureux succès, seurs tesmoings de Vostre grande suffisance en ce mestier-là.

Comme Vous estes en toutes autres choses vraiment nostre Maistre, toutes ces considérations, à la vérité, joint la bassesse de mon style, plus soldat qu'éloquent, sont bien suffisantes pour me donner crainte, & me suspendre de passer outre. Mais qui sçauroit refuser à celuy auquel Dieu & la Nature n'ont rien desnyé, ny l'un de ses plus humbles, très-fideles & très-obéyssants Subjects & Serviteurs, mesme un si estroitement obligé à son splendide & libéral Bienfaicteur, lequel outre ce m'a daigné tant estimer, honorer & priser, que de me despartir un commandement digne d'un des plus excellents expérimentez Capitaines qui sçauroit être?

Recevez donc, très-grand, magnanime & très-valeureux Roy, selon Vostre accoutumée bonté, ceste mar-

que d'obéyſſance, & non pas de pré-
ſomption ; n'ayant regret ſi-non que
les moyens de m'en demeſler duement
ne ſont tels , & ne correſpondent à la
volonté & deſir que toute ma vie j'ay
eu & apporteray à l'exécution de Vos
entiers commandements , & fidele ac-
quit de Votre très-humble Serviteur.

MAXIMES

ET

ADVIS

DU MANIEMENT

DE LA GUERRE,

Et principalement du Debvoir & Office du
MARESCHAL-DE-CAMP.

I. *Les Moyens de s'apprester pour la Guerre.*

E présuppose que le Souverain a fait sa résolution sur l'occasion ou nécessité qui se présente de faire la guerre, soit d'assaillir ou se defendre.

Que la guerre est justement prinse, & surtout celle qui est pour conserver la foy & Religion, & le salut de son Estat.

Que l'on a commencé par le bon chemin, qui eſt de ſe retirer à Dieu & l'avoir appaiſé, afin de le rendre favorable ; car c'eſt le fondement d'un bon Chreſtien. Meſme les Payens ont uſé en ce de la Religion ; car comme l'on dit ordinairement, il n'y a choſe ſi difficile à eſviter, que celle que le Ciel nous envoye.

Que le Souverain aura prins le conſeil des ſages & expérimentez Capitaines : car autrement ſi l'on n'a bien digéré & penſé à entreprendre une guerre, l'on ne l'a pas acheminée, que l'on deſire la paix, laquelle, de ceſte façon, ne peut eſtre deſavantageuſe, comme l'on voit par expérience.

Et ne faut prendre de conſeils de ceux qui ne s'entendent & n'y vont, ains des expérimentez, qui hazardent leur perſonne & vie.

Et n'attendre à ſe réſoudre juſques à ce que l'on ſe voit en péril ; car il eſt lors impoſſible de prendre conſeil ; & ſuivre ceux qui ſont profitables ſans peu de hazard, meſme où le différer eſt dangereux.

Il faut laiſſer les paſſions particulieres, pour s'attendre au danger public, & réſerver les vengeances des injures receues en autre temps commode & opportun, de ſouffrir un peu plus de dommage pour en eſviter un plus grand.

Faites enſorte que la guerre ſe faſſe hors

de vos limites, s'il eft poffible ; ou pour le moins, loing du corps de l'Eftat ; car où elle s'arrefte, c'eft la ruyne.

Quand un Prince commence par force, ou de bonne volonté, la guerre, il faut qu'il regarde s'il peut avoir de rebellion en fon Eftat.

J'eftime auffi que le Souverain, n'allant à l'armée, aura fait eflection d'un bon Général, & autres Chefs expérimentez, & furtout fideles, defirant accomplir fes commandements.

Car il ne faut apprendre l'art de la guerre, lorfqu'il faut faire preuve de fa vaillance.

Et entre toutes chofes, faut qu'il foit vaillant, hardy, fage, prévoyant, & provident, lequel doit tousjours prendre confeils fur l'appareil du combat & de la guerre ; car en luy gift le plus fort d'ycelle : & ne faut qu'il monftre eftre inconftant à tous propos & petites chofes ; car cela diminue l'opinion que l'on a de luy.

Mais qu'il aye cefte maxime, qu'il gouverne fagement, quand il donne lieu & temps.

Car fouvent la faute d'un Chef & Capitaine met en oubly tout ce qu'il a fait d'excellent.

Et l'office d'un Général eft de faire combattre les autres avec fageffe, & eftre provident aux inconvénients & accidents.

Bien est vray que le Chef, se hazardant quelquefois parmy les soldats aux périls, leur donne courage ; car ils n'ont rien qui leur les asseure & leur donne tant d'adresse, que les faicts magnanimes d'un Chef de réputation.

Et faut aussi qu'un Général & Chef prenne garde de ne se perdre mal-à propos, mesme sur lequel l'armée a espoir & fiance ; car cela diminue l'espérance qu'a la-dicte armée.

Et c'est folie à un Général & Chef de s'exposer à la mort, quand il ne profite au Souverain, à la charge qu'il a ; mais faut qu'il se garde au besoing.

Et ne doit avoir crainte de blasme par quelques mal-advisez, qui le voudroient taxer. Car les gens de jugement estimeront tousjours qu'un Chef généreux ne manquera jamais au debvoir qu'il a à son Souverain & à son honneur.

Ne faut oublier que le Souverain entrant en conseil, sur la délibération de faire la guerre, avec les Princes & Conseillers de son Estat, Grands-Maistres & Chefs de la Guerre, comme dit Monsieur de Ravestain, ne doit manifester quel Général & Chefs il veut faire en son armée, avec sa résolution de la guerre ; car ils pourront dire plus ou moins: ce qu'il ne fera pas, sçachant si luy ou un de ses amis y yront.

Après avoir mesuré ses forces avec celles

de l'ennemy, & de celles qui luy pourroient
advenir, & advifé ce qui luy fera néceſſaire
pour y correſpondre, faut deſſeigner tout ce
qui eſt à faire, & deſcouvrir les deſſeings
de l'ennemy, & négocier ſecrettement meſme aux faicts importants.

Voir quelles gens de cheval & de pied,
& quelle artillerie, ſoit pour aſſaillir des
Villes ou pour la campagne, (car ce ſont
deux façons,) quelle deſpenſe, tant pour la
paye des gens de guerre, que pour l'eſtat
de l'artillerie, & vivres, & eſpions, & autres
choſes néceſſaires pour la ſuite d'une armée,
qui viennent extraordinairement : ſupporter
toute la-dicte deſpenſe, & y pourvoir, &
donner charge à des gens d'honneur, bien
entendus pour les effects, qui regardent au
ſervice du Souverain, & utilité de l'Eſtat,
& à leur honneur, plus qu'à l'avarice &, eſtre
trop reſſerrez, voulant ſe monſtrer bons meſ-
nagers où il ne faut pas. Et ayant ſupporté
toute la ſus-dicte deſpenſe, qu'ils pourvoyent
que l'argent ne manque à ce qui aura eſté
ordonné.

Car il ne faut rien eſpargner en deſpenſe
à l'abordée de la guerre, ny de promptitude
& furie, d'autant que ces faicts engendrent
bien ſouvent une bonne fortune de paix.

S'il eſt poſſible, faut eſtre armé & en
campagne pluſtoſt que l'ennemy, & ſe ſaiſir
des Villes propres pour luy faire la guerre

& teſte, & n'eſtre tardif ny pareſſeux en ce
qui eſt à pourvoir : autrement, s'il y a manque & nonchalance, cela refroidit les cœurs
des ſoldats , & donne mauvaiſe réputation
aux Chefs.

Mais, cas advenant, que le Souverain fuſt
ſurprins, ou qu'il n'euſt ſon faiĉt preſt, il
faut qu'il ſouffre & entende les propos, ou
à conditions de trefves ou ſuſpenſions, encore
qu'elles fuſſent deſadvantageuſes, pour avoir
temps de ſe pourvoir & deffendre , & les
faire accepter par ſes Miniſtres, en tant qu'il
y a moyen de diſputer tousjours ſur les pro-
meſſes d'yceux.

Il faut avoir recours aux ruſes & cautelles,
ſi autrement on ne peut fuir la furie de la
guerre, & accorder franchement ce à quoy
on ne peut réſiſter, pour parvenir à ce que
l'on deſire.

Il eſt néceſſaire de réſiſter & faire teſte
du commencement à voſtre ennemy , afin
que ſes deſſeings ſe refroidiſſent, ſes moyens
ſe dépériſſent, & le temps s'eſcoule.

Faut auſſi eſtre réſolu de ne laiſſer une
entreprinſe pour quelque malheur qui pourroit advenir ; mais s'y opiniaſtrer , juſques
à ce que l'on voye la ruyne de l'ennemy,
ou du meilheur.

Et pourvoir & prévoir tout ce qui peut
donner empeſchement à voſtre entreprinſe,
& ne laiſſer rien paſſer, & s'ayder de l'oc-

cafion & opportunité qui fe préfente, mefme fans péril.

Toutesfois ne faut prendre à honte de laiffer une entreprinfe, qui fe retrouve domma-
geable , & ne fe laiffer tant envelopper à
l'acquérir , que l'on advife tousjours à la
fin ; car c'eft le faict d'un fage Capitaine, de
changer d'advis felon l'occafion.

Nul ne fe doit ufurper le tiltre de Général d'une armée, fans le pouvoir & com-
miffion du Souverain , ny un Général ne
peut créer un autre qu'on appelle en ce
Royaume un Lieutenant de Roy , & faut
tousjours un pouvoir particulier.

Le Roy & Souverain doit bien advifer ,
poifer, & digérer, s'il ne va pas à fon armée , qui il fera fon Lieutenant - Général
d'armée, & qui menera l'avant-garde, & des
autres chofes, mais fur-tout de Marefchal-
de-Camp ; car c'eft une des grandes & importantes Charges, & qu'il peut eftre caufe
d'un grand bien à une armée, ou la mettre
en ruyne & perte en plufieurs façons.

Ne mettre deux Chefs Généraux, & de
pouvoir pareil, en la conduite d'une armée ;
car l'un veut eftre préféré à l'autre, & en-
trent en difcorde : mais un qui ait la fuper-
intendance, & les autres, foubs luy, luy aydent & affiftent.

Eft raifonnable auffi, que le Général def-
parte de fa grandeur & honneur aux Chefs

principaux ; car autrement il est en danger d'exciter un desdaing & jalousie contre luy, & demeureroit court en ses entreprinses.

Ne se faut servir d'un Chef qui s'addonne
à son profit ou réputation particuliere, &
non pour le Souverain & le public, & qui
n'en veut faire part à ceux qui luy aydent ou
sont cause de sa réputation. Comme aussi est
dangereux des Capitaines avaricieux, & pleins
d'ambition particuliere.

Faut tascher d'avoir en une armée des
Capitaines fameux & de réputation ; car cela
sert beaucoup à l'exécution des entreprinses,
& encourage les soldats.

Est très-bon d'appeller à son secours, ou
retirer, un Prince de nom, de valeur, & de
réputation, encore que pour le coup &
temps l'on ne s'en veuille servir.

Faut prendre garde que les Capitaines desquels l'on se veut servir en notables faicts,
ne se hayssent.

Je diray que c'est chose bien dangereuse
d'avoir des soldats obstinez, & encore davantage des Capitaines & Chefs.

Mais quand il se présente quelque Prince,
Seigneur & Capitaine, que son affection &
veuë n'est autre que de vouloir sçavoir bien faire, & par-là acquérir honneur & réputation,
& servir son Prince souverain avec la fidélité
qui peut ensuivre, ne le faut desprifer, ains
le

le pouffer, & donner moyen de fervir : car
il fe voit par les Hiftoires, tant anciennes
que modernes, que plufieurs jeunes Capitaines de l'afge de vingt-cinq ans, ont fait
de grands traits, & exécuté de grandes en-
treprinfes.

Et fi cas advenant qu'il fe faille fervir d'un
jeune Prince, il luy faut bailler des Capitaines expérimentez, qui ayent authorité, &
qui puiffent tenir bride à fon jeune defir, &
réprimer le confeil d'aucuns jeunes qui font
près d'eux ; car là où confeil des jeunes emporte celuy des vieillards, c'eft la ruyne.

Le Général de l'armée doit connoiftre fes
Chefs, & quafi tous les Capitaines, afin
qu'il puiffe donner la charge felon la portée
d'un chafcun ; car il y a des Capitaines, qui
font bons à demeurer fermes à un combat,
qui ne font propres à faire une entreprinfe,
foit aux Villes, ou à la campagne, ou à
chercher un bon ou dextre party. Et eft
très-grande dextérité à un Général, & grandement profitable, quand il connoift & fçait
à quoy un chafcun de fes Capitaines eft bon :
& de ce, fe peut faire un très-grand mefna-
gement militaire.

Par-quoy, il faut que le Général aye
tousjours en main des Capitaines choifis,
expérimentez & rufez au faict de la guerre,
fideles & affectionnez au fervice, avec defir
d'honneur & gloire pour s'en fervir aux en-

treprinses de Pays gualhardes (1) & hazar-
deuses.

II. *L'Ordre pour loger l'Armée.*

APRÈS que le Souverain aura pourveu à
la levée des gens de guerre, tant de cheval
que de pied, & esleu les Chefs qui sont nécessaires, faut qu'il leur assigne une Ville
où ils prendront le commandement du Général & autres Chefs, de ce qu'ils auront à
faire, & mesme les rendez-vous où il faudra
aller camper ; en laquelle Ville doit estre
faite la premiere assemblée & estape de toutes munitions de guerre, d'artillerie, & vivres.

A une ou deux lieues de la-dicte Ville,
faut choysir un lieu où toute l'armée s'assem-
blera pour camper, en telle assiette, & avec
tel desseing & regle, comme si l'ennemy
estoit à deux lieues de-là, prest à venir au
combat ; & y observer toutes les regles de la
guerre pour un logement, en ordre de se
mettre en battaille & se deffendre comme
sera dit cy-après. Car il est certain qu'à l'a-
bordée d'une armée, un chascun desire sçavoir

(1) gaillardes.

la premiere impreſſion que les gens de guerre
reçoivent, ils la tiennent mieux imprimée :
comme auſſi leur faire obſerver les loix &
la police, afin qu'ils n'en prétendent cauſe
d'ignorance à la faire : & faut tenir la main
au chaſtiement de ceux qui outrepaſſeront ;
car par après, on n'a pas tant de peine à les
faire obſerver.

Mais d'autant qu'il appartient à un Mareſchal-de-Camp de faire l'aſſiette du logis de
l'armée, donner le lieu de combat, le mettre en ordre de battaille, tenir l'œil à toutes
choſes au deſloger, le Mareſchal doit eſtre
prévoyant & provident, tant des vivres que
des autres choſes qui ſont en l'armée, ou
qui en dépendent : car il a la principale charge
après le Général en chef de l'avant-garde,
& ſur lequel l'armée la pluſpart du temps ſe
repoſe.

Le temps paſſé, les Mareſchaux de France
eſtoient ceux qui faiſoient l'eſtat de Mareſchal-de-Camp, là-où le Souverain eſtoit, &
menoient ordinairement l'avant-garde, ſur la
foy duquel le Souverain, ou Général, qui
menoit l'armée, marchoit.

Par-quoy, il faut deſcrire un peu quelle
eſt la Charge de Mareſchal-de-Camp, &
quel il doit eſtre.

III. *Du Debvoir & Office du* MARES-CHAL-DE-CAMP.

JE diray premiérement, qu'à une grande armée, il ne se peut faire ce qui appartient à l'estat de Mareschal-de-Camp par un seul; mais faut qu'il y en aye pour le moins trois, l'un pour l'avant-garde, l'autre pour la bataille, & le dernier pour le secourir. Mais s'il en tomboit quelqu'un malade, il est impossible qu'un seul puisse voir, prévoir, & pourvoir à tant de trouppes de diverses façons & humeurs, à tant de faicts qui sont en une armée, ny à tant d'accidents nouveaux qui interviennent d'heure en autre. A quoy faut qu'il y aye conférence; car un chascun n'est pas à toute heure libre d'esprit pour décider, digérer & résouldre tant de choses importantes, dont bien souvent l'on ne peut attendre l'advis du Général; ce que toutesfois, s'il est possible, il faut, si le temps & le loysir le permet.

Néantmoins en maximes, quels doivent estre les Mareschaux-de-Camp, je n'en parleray qu'en singulier, d'autant que les autres doivent estre, s'il est possible, de mesme que celuy que je formeray. Et tient-on que le premier est celuy qui aura le plus ancien-

nement fait l'eſtat de Mareſchal - de - Camp.
Mais il n'a encore eſté décidé à qui eſt l'honneur d'eſtre à l'avant-garde ou battaille.

Le Mareſchal-de-Camp principal doit eſtre
choyſi par le Souverain ou Général, comme
le plus adviſé & expérimenté de ſes Capitaines : qu'il ſoit vigilant, diligent & affectionné
aux charges que l'on luy baille : qu'il aye
eſté d'autres fois avec des Mareſchaux-de-
Camp, s'il n'a fait l'eſtat pour apprendre ;
car il y a des regles au-dict eſtat, que bien
peu de Capitaines ſçavent, s'ils ne l'ont appris par long uſage, & expérimenté à la ſuitte
& aſſiſtance des-dicts Mareſchaux-de-Camp :
& n'y a pas tant de danger qu'il y aye quelque manquement au Général d'entendre le
faict de la guerre, comme au Mareſchal-de-
Camp.

Le Mareſchal-de-Camp eſt la voix & le
commandement du Général, le porte-faix &
ſominer de l'oſt & de l'armée, comme l'on
dict. Car il faut que toutes choſes paſſent par
ſon ſceu, & la pluſpart par ſon ordonnance : qu'il ſçache toutes choſes, tant petites
ſoient-elles, & qu'il en tienne comme re-
giſtre pour le ſoulagement du Général, Chefs
& Principaux, & de l'Armée.

Par ainſi le Mareſchal-de-Camp doit ſçavoir toutes choſes de l'armée, & qui en con-
ſiſtent & dépendent, & doit connoiſtre non-
ſeulement les principaux Chefs & Capitaines,

I iij

mais jusques au plus petits, & sçavoir les
forces qui sont en ycelles, tant de cheval
que de pied & de toutes qualitez, & les
avoir par estat : aussi quel équipage d'artillerie & suitte d'yceluy ; sur-quoy faut que
le Grand - Maistre de l'Artillerie, ou son
Lieutenant, envoyent souvent vers yceluy
un des Commissaires, pour voir s'il y a nouveau advis pour y pourvoir, soit à marcher,
rabillage de chemins, ou faire ponts.

De mesme le Commissaire - Général des
Vivres faut que luy ou un des siens soit à
toute heure au logis du Mareschal-de-Camp,
pour recepvoir les commandements, com-
muniquer avec luy ce qu'ils auront à faire,
& à pourvoir pour les-dicts vivres, & s'il
est rien intervenu despuis le dernier arrest &
communication ; s'il est besoing de marcher,
pour sçavoir entendre quel chemin prendront
les vivres, & voir & prévoir s'ils y peuvent
venir à seureté, & quelle il leur faut bailler,
mesme s'ils s'esloignent des estapes d'yceux,
& s'il en faut faire de nouvelles.

C'est au Mareschal-de-Camp d'avoir ses
guydes en main, & pour le moins celuy qui
en est le Capitaine, & les a en charge, pour
s'enquérir à toute heure des chemins, afin
de voir la difficulté ou facilité de marcher ;
car, quelquefois, si l'on n'y prend garde,
l'on achemine & embarque l'armée en lieu
qu'il est mal-aysé de conduire ce grand &

poifant faix de l'artillerie, comme auffi à l'embarraffement du bagage, & pour la commodité & efloignement des vivres.

Que le Marefchal-de-Camp doit eftre adverty de toutes chofes, non-feulement de ce qui fe paffe en l'armée, mais aux environs & au loing, pour donner raifon à un chafcun de ce qu'ils auront à faire.

La plufpart des efpions doivent paffer par fes mains, pour fçavoir des nouvelles des ennemis de toutes fortes, afin qu'il puiffe pourvoir à ce qui eft néceffaire pour l'armée, & inftruire ceux qui yront à la guerre, foit pour les efcortes, ou pour fçavoir des nouvelles de l'ennemy, afin qu'ils ne tombent en quelques inconvénients par faute d'advis. Car fi les efpions ne font bien inftruits, ils ne portent rien qui vaille, ou font furprins; & eft à noter que les efpions doubles font les meilleurs, pourveu qu'ils vous foyent plus fideles qu'à l'autre party.

L'armée prefte à affembler, faut que le Marefchal-de-Camp fçache le deffeing du Souverain & du Général : & après avoir prins par eftat, comme dit eft, toutes chofes qui concernent l'armée, & qui en dépendent, les repréfenter au-dict Général, pour là-deffus eftre ordonné avec le Confeil ce qui fera bon de faire pour l'exécution de l'intention du Souverain.

Faut qu'il fçache du Général en quel ordre il prétend que l'on marche, à fçavoir quelles trouppes, régiments, & compagnies, tant à l'avant-garde, qu'à la battaille, & qu'à l'arriere-garde, s'il y en a; afin que, là-deffus, il faffe un réglement, qu'il faira entendre aux Chefs des régiments & trouppes.

Faira l'eftat & rolle pour les gardes, afin qu'il n'y aye confufion : & que le Marefchal-des-Logis de l'armée en tienne un rolle, pour advertir ceux qui font de garde de jour à autre ; & pour le mieux, un jour devant, afin que la trouppe, qui aura à faire garde, fe tienne prefte.

Comme auffi de mefme pour ceux que l'on ordonnera d'aller à la guerre, ou aux efcortes, & tenir tousjours deux Compagnies de Gendarmerie défignées & preftes pour marcher à ce qui fera néceffaire, & quand feront commandées.

Et mefme, pour les gens de pied, en advertir le Colonnel, ou Maiftre-de-Camp, afin que s'il faut renforcer les gardes, ou aller à la guerre, ou efcorter, ils foyent plus prefts.

Les Compagnies des Marefchaux-de-Camp ne font garde de nuict, ny de jour. Ainfi font confervées pour faire les courfes & exploicts qui faut qui foyent faits à l'improvifte, fans attendre le commandement d'autres Compagnies ; & qu'il y aye tousjours une trouppe d'ycelles prefte à monter à cheval. Auffi les dictes Compagnies font tenues d'ef-

tre en bataille l'armée marchant, jufques à
ce que le camp foit affis & logé, le guet
ordonné de jour, mais qu'il foit arrivé; &
s'ils n'ont de Compagnies ou n'en ayent affez, ils en achoyfiront : & eft très-bon que
les - dicts Marefchaux - de - Camp menent,
quand ils marchent, les Compagnies qui
doivent eftre de garde de jour ou de nuict,
afin qu'ils ayent repeus & fe foyent accom-
modez pour bien faire leur debvoir.

Le Marefchal - de - Camp doit advifer la
commodité ou incommodité de l'affiette du
camp : car bien fouvent, il fe trouve des
lieux qui font d'un cofté bien forts, & d'autres non, & des incommoditez en un temps
qui ne font en l'autre. Et ne fe faut arrefter
au rendez-vous qui aura efté donné; car fi
l'affiette n'eft affez bonne, il la faut chercher
à demy ou à une lieue de là ; & s'il y a
changement, en advertir incontinent le Chef
de l'avant-garde, le Grand-Maiftre de l'Artillerie, & le Général qui mene fa bataille,
par homme exprès bien entendu.

Le Marefchal-de-Camp doit regarder en
l'affiette de l'armée en un lieu advantageux,
comme d'eftre fur un haut, s'il fe peut,
avec la commodité de l'eau. Mais il faut prendre garde que le ruiffeau, qui fe pourroit
trouver à voftre tefte pour faire le logis fort,
ne foit efloigné de voftre cofté, & s'approcher tant de l'autre que l'ennemy ne s'y puiffe

I v

venir loger, & débattre la-dicte eau à son
advantage. Car en telles chofes, il s'en eft
veu plufieurs inconvénients : & fi, de de-
là le ruiffeau y avoit une place advantageu-
fe, la faut aller gagner premier que l'ennemy, & mettre le ruiffeau derriere pour la
commodité, ou à main droite, ou à gauche,
& s'en fervir comme d'un fort de cefte part.

Et cas advenant, que l'on ne puiffe mettre
un ruiffeau devant, eft très-bon de faire une
tranchée à la tefte de l'armée. Car par-là
vous efvitez les furprifes fur vos gardes, ou
des braveries, qui, encore qu'elles ne portent dommage, donnent réputation à l'ennemy, & manquement à l'amy & aux Chefs
& Capitaines, principalement au Marefchal-
de Camp. Auffi cela foulage beaucoup les
gens de cheval de faire de groffes gardes,
& encore les gens de pied.

Faut que le Marefchal-de-Camp aye l'Ingénieur près de luy, auquel faifant l'affiette
de l'armée, il fera entendre fon intention,
& ce que porte la regle de la guerre; lequel
Ingénieur, par après, fera le deffeing de la
tranchée, avec les flancs qu'il y faut.

La premiere affiette que l'on doit faire,
eft de l'artillerie, & la mettre en lieu de
feureté, & qu'elle puiffe jouer & faire fon
effect; car l'affiette d'ycelle doit donner l'in-
telligence de la place d'un chafcun. Au quartier, doivent eftre logées les munitions d'y-

celle, loing des maiſons & chemins néceſſaires, hayes & foſſez, afin que l'on voye
ceux qui en approcheront, de peur qu'il
n'en advienne inconvénient par le feu; &
déſigner le tout aux Commiſſaires. Le Grand-
Maiſtre de l'Artillerie, & train d'ycelle, en
lieu qu'il ne puiſſe empeſcher l'ordre de battaille déſigné, logera les chevaux de l'artillerie non loing de-là ; & ſi c'eſt en lieu où
on loge à couvert, que ce ne ſoit au plus
proche Village, néantmoins couvert de gens
de guerre, & donner charge à la trouppe
qui les couvrira de les advertir pour leur
retraite, ſi cas advenant qu'il y euſt ennemy
en campagne, d'autant que ce ſont créatures
qui n'ont point de deffenſe, comme auſſi
des Pionniers. Car s'il en advient inconvénient, ce ſeroit arreſter l'armée. Par-quoy,
leurs logis eſt privilege pour les mettre à
ſeureté.

Derriere l'artillerie, & aux coſtez, il faut
laiſſer un grand eſpace pour mettre en battaille les eſcadrons & battaillons, tant de
cheval que de pied; & après, droit à droit
de la dicte artillerie, l'on y loge les Suiſſes
ou Lanſquenets : car ils ſont accouſtumez de
l'avoir en charge & garde ; & à la vérité,
ils ont un grand ſoin d'ycelle, & des munitions.

Les gens de pied François ſeront logés à
coſté des-dicts Suiſſes ; & s'il y a trop de

régiments, on en pourra loger partie à main droite, & partie à gauche, afin que s'il vient quelqu'un à l'armée, tous enfemble fe trouvent en ordre de battaille pour la recepvoir ou donner; & en la deffenfe de la dicte artillerie & tranchées, s'il y en a.

Faut advifer de ne loger les gens de pied dans un fond s'il eft poffible, mefme pour y féjourner, d'autant que le foldat ayant travaillé, fe morfond de l'humidité qu'il a en foy, & le fait tomber en de grandes maladies; ce qui n'advient pas, fi on les campe fur un haut qui eft fec, & prendre garde qu'il y aye de la commodité d'eau, & s'il eft poffible, qu'ils n'aillent gueres loing, & quelquefois prendront garde à leur chauffage de quelque bois ou hayes.

Quant à la Gendarmerie & gens de cheval, il faut loger l'avant-garde à la main droite, & la battaille à la main gauche un peu en-arriere, dont font logés les gens de pied, felon les commoditez qui fe trouvent, foit de l'eau, ou des hayes & bois pour attacher leurs chevaux, s'il n'y a de couvert. Car il faut laiffer le devant libre, pour fe mettre en battaille. Auffi que le logis de la Cavallerie emporte beaucoup plus d'efpace, que ne fait celui des gens de pied.

Et faut que le Marefchal-de-Camp, avec les Capitaines expérimentez, Collonels, & Chefs des régiments, reconnoiffant bien les advenuës, projectent & advisent de despartir les forces à une allarme, pour la garde du camp & des tranchées. Et ne peut-on représenter ceste affaire par escrit, mais faut que ce soit l'œil qui en juge sur le camp & advenant d'ycelluy, & des forces de l'ennemy & de leur qualité.

Le logis du Général doit estre comme au milieu de ses forces, avec les principaux Chefs de l'armée, à sçavoir entre les deux logis de la Gendarmerie & derriere les gens de pied, y laissant néantmoins un espace de place entre yceux & son logis, dont d'un costé doivent estre logés les Commissaires des vivres avec leur attellage, & de l'autre les vivandiers & volontaires, & parmy eux les Prévosts, pour faire tenir la regle, tant aux gens de guerre, qu'aux-dicts vivandiers, ausquels est à noter qu'il faut donner bon traittement, & en avoir soin, pour en acheminer plusieurs ; car il est certain que s'il n'y va des vivres volontaires, il y a disette au camp ; & si le soldat ne voit d'autres vivres que de munition, il se fasche, & veut estre repeu des yeux comme du ventre.

Les Mareschaux-de-Camp doivent estre logés le plus près qu'ils pourront du Général, avec leur suitte, à sçavoir leurs Compagnies ou trouppes qu'ils auront choisies pour leur escorte avec le Capitaine des guydes, & une tente pour recepvoir les espions

& les retirer. Car à toute heure, il faut que le Mareschal-de Camp soit auprès du Général, pour entendre & recepvoir ses commandements, & luy donner advis de ce qu'il aura entendu, tant par les gens qui auront esté dehors à la guerre, que par les espions, & aussi de ce qu'il intervient d'heure en autre en l'armée, & pour faire assembler les Chefs qui sont du Conseil extraordinairement, quand l'occasion s'y présente.

Si l'armée estoit si grande, qu'il fallust despartir l'avant-garde en la battaille en logis & assiette, & qu'il y eust à la-dicte avant-garde battaillon & picquet comme il est accoustumé aux camps Royaux, il faudroit prendre & faire l'assiette au pied de ce que dessus, & la loger prest de la-dicte battaille, afin qu'ils se puissent promptement secourir l'un l'autre ; & faut qu'il y aye un Mareschal-de-Camp ayant des Mareschaux de-Logis.

S'il y a arriere-garde, il la faut loger sur la queuë de l'assiette de l'armée, afin qu'elle serre le camp, & fasse les gardes de ce costé-là : & cas advenant, qu'il n'y eust arrierre-garde, faut choisir des trouppes tant de cheval, que de pied, pour les y loger à tour de rolle.

Les Chevaux-légers, estant tels qu'ils doivent estre, peuvent de beaucoup servir au soulagement de l'armée, & les faut loger le plus souvent que l'on pourra à seureté, afin qu'ils ne foyent laffés de gardes , & puiffent travailler le jour à la campagne. Quelquefois on les logera devant en un village non loing à feureté, en leur baillant cinq ou fix Compagnies de gens de pied pour efcorte , afin de leur donner moyen & temps pour monter à cheval, s'ils eftoient affaillis.

Le Marefchal-de-Camp doit eftre accompagné de trois ou quatre Aydes, gens de guerre, qui ayent hanté les Marefchaux-de-Camp, & veu faire les affiettes d'armées, pour aller faire le defpartement des quartiers des trouppes & Compagnies de la Gendarmerie ; bien que, à cefte heure, que l'on les met par Régiment, il y aye moins de peine : car c'eft au Marefchal-des-Logis en chef de Régiment, à defpartir à chafcune Compagnie. Les-dicts Aydes doivent affifter tousjours au Marefchal-de-Camp, pour entendre ce qu'ils auront ordonné, afin de voir par après s'il l'exécute, & auffi pour requerir les commandements qu'il faudra faire d'heure en autre aux trouppes à ce qu'il peut intervenir, voir les défauts & defordre qui peuvent eftre, pour en advertir le Marefchal-de-Camp mefme. Ils y doivent pourvoir par advertiffement qu'ils feront aux Chefs.

Faut qu'il y aye un bon Marefchal-de-Logis ou deux, quand il y a avant-garde , connus & remarqués, avec quatre Fourriers,

pour aller faire les commandements mefmes
des gardes, quand le Marefchal-de-Logis n'y
pourra aller, comme auffi pour aller chercher les Capitaines, aufquels les Marefchaux-
de-Camp voudroient parler & faire entendre
quelque-chofe, foit pour aller à la guerre ou
aller reconnoiftre les gardes ou leur place de
battaille venant à l'armée, ou bien quand ils
marcheront en campagne à quelque commandement particulier : & eft très-bon que
les Fourriers portent leur faye & hauqueton
d'orfeverie, pour eftre reconnus d'un chafcun. Auffi que s'il advient quelque-chofe de
nouveau de jour ou de nuict, qu'il faille marcher, les Aydes Marefchaux-de-Logis &
Fourriers aillent donner advis aux Chefs de
l'armée felon leur qualité ; & faut en avoir
fuffifamment, mefme quand l'ennemy eft proche, ou que l'on eft dans fon Pays, qu'il y
a moyen de faire des embufcades & courfes
fur l'armée, par le moyen des retraites qu'il
y a, foit aux bois, ou Villes, & forts.

Cefte forme de loger eft quand l'armée
campe, & les gens de cheval font au picquet, que l'on eftime que les ennemis pourroient venir s'affronter & au combat, s'ils
voyoient l'avantage ; mais logeant l'armée à
couvert, ce qu'il faut le plus que l'on pourra, mefme les gens de cheval, il y faut pro-
céder autrement, toutes fois non loing de ce
deffus, mais mettre la Gendarmerie aux plus

prõches Villages. Cela fait, qu'elle endure &
paſtit plus longuement en armes, d'autant
que tous les gens de cheval n'ont pas moyen
d'avoir des pavillons & tentes, ny grand équipage pour aller au fourage pour leurs chevaux.

Et logeant l'armée à couvert comme en
l'hyver, où qu'il n'y aye point de néceſſité
de les tenir ſi ſerré & du tout camper, il
faut loger les gens de pied, & l'artillerie à
la teſte, & loger la Gendarmerie par les coſtez & quartiers, les uns à main droite, les
autres à feneſtre. Car il eſt plus ayſé à la Cavallerie d'aller trouver les gens de pied, que
non pas eux ceux de cheval. Et ſi l'aſſiette
du Pays porte de loger auſſi avant que ſa
teſte, leur ſera baillé des gens de pied pour
leur tenir eſcorte à monter à cheval, & quel-
que-fois trouvera-t-on un village non loing
de la teſte, qui ſera à propos de loger de la
Gendarmerie ou Chevaux-légers, avec quelques trouppes de gens de pied qui ſerviront
de garde & vedette à l'armée, & donnera ad-
vertiſſement s'il y a quelque choſe qui marche. Car petite trouppe ne peut enfourer,
ny porter grand dommage, & grande trou-
pe ne marche légérement, & la ſent-on tousjours venir.

Ce ſont les regles d'un logement, qui ſouvent ne peuvent eſtre toutes faites comme elles ſont deſignées; mais il en faut approcher

le plus près qu'on pourra, & pourvoir aux deffauts qui y pourroient eftre, pour les deffauts de l'affiette.

C'eft au Marefchal - de - Camp de recevoir les trouppes qui arrivent : comme auffi, lors que l'armée fe rompt, c'eft à luy de leur donner le chemin qu'ils doivent tenir, ou faire entendre ce qu'ils auront à faire felon l'intention du Général, & ce qui aura efté arrefté au Confeil.

C'eft au Marefchal-de-Camp à qui fe doivent addreffer les Capitaines, pour avoir le mot du guet. Car par luy, ils pourront entendre ce qui fera différé, foit de la garde, ou du deflogement, ou pour aller à la guerre.

Faut loger les trouppes mefmes des eftrangers defparties des voftres, afin qu'ils n'ayent occafion de fe quereller, & mettre des corps de gardes à une & autre nation entre les deux logis, pour efviter les querelles.

Faut que le Marefchal-de-Camp foit patient en beaucoup de chofes. Mais auffi doit-il eftre bien exact à faire obferver les loix & regles, & à faire punir les fautes. Car il y va du fervice du Souverain, du falut de tous, & de fon honneur, pour les inconvénients qui adviennent, quand on n'obferve ce qui a efté ordonné & commandé, & mefme en de petites chofes.

Et faut noter que la charge la plus enviée & fubjecte à calomnie, & de qui on parle le plus, eft le Marefchal-de-Camp; car bien fouvent le plus ignorant en veut raifonner.

IV. L'arrivée du Souverain, ou Général, au Camp.

Après que toutes les trouppes font arrivées au camp & logées, le Souverain ou Général de l'armée doit venir, & penfe que non pluftoft, afin de ne voir beaucoup de defordres, infolences & ignorances, qui fe commettent à l'arrivée des gens de guerre à un camp : & eft bon que le Général ne les voye, & que les Marefchaux-de-Camp & autres Chefs qui feront là pour l'affiette, & recepvoir les forces, faffent entendre combien le Général trouveroit mauvais les defordres, afin que, lors qu'il arrivera, tout foit raffis, & ne fera femblant de fçavoir ce qui eft paffé.

Eftant arrivé au camp, fera bon qu'il aille en premier reconnoiftre la place de battaille, qui fera derriere l'artillerie, pour monftrer exemple à un chafcun, & recepvoir les Capitaines & Chefs qui n'auront efté au-devant de luy, & qu'il fe monftre à tous, afin qu'un chafcun le connoiffe.

Le Marefchal-de-Camp fur le lieu luy doit

faire entendre la commodité ou incommodité du logis , les deffauts qu'il y a à caufe de l'affiette, s'il y en a , les expédiens que l'on a trouvé pour couvrir & remédier à cefte faute , l'ordre qui y a efté mis pour les gardes , & des logis qu'il aura fallu dehors l'affiette du camp , quelquefois par contrainte , afin que le Général y trouvant quelque chofe à redire , y puiffe augmenter ou diminuer.

Le Général doit aller par après à fon logis, & là entendra en quel eftat tout eft, s'il y a encore des trouppes à joindre l'armée , fi les vivres font en bon eftat , & s'il n'y en a point de faute , foit de l'ordinaire, ou des volontaires , quel marché il y en a , fçavoir & voir fi le pain de la munition eft bon & affez pefant , & en faire tafter devant luy, faire eftat devant un chafcun qu'il veut que les foldats foient traittés , s'enquerir comme ils font logés , quelle commodité , parler de la paye , afin qu'il faffe enforte que les foldats luy foyent affectionnés.

Le Général remontera à cheval fur l'affiette des gardes, pour voir les advenuës, & fe faire déclarer aux Marefchaux-de-Camp quelles font , quel ordre , & s'il y a des tranchées , les reconnoiftre , & fçavoir quelles trouppes font ordonnées en chafcun quartier pour les deffendre.

S'enquerir & fçavoir comment font logés les gens de cheval , quelles gardes & forces ordonnées pour le guet ; bref, monftrer eftre foigneux de toutes chofes, encore qu'il fuft affeuré qu'elles fuffent très-bien.

Devant le logis ou tente du-dict Général, faut qu'il y aye une place, afin qu'il n'y aye preffe à tant de gens qui le vont voir , auffi pour la garde de nuict & de jour auprès de fon-dict logis.

Le lendemain au matin, le Général communiquera les principaux Chefs de fon armée, & en peu de nombre, pour difcourir & advifer ce qui eft de faire, poifer les forces de l'ennemy avec les fiennes, quels deffauts ils pourront avoir en fon armée, & quel fera meilleur de marcher vers l'ennemy, ou l'attendre ; & difcourir fur le deffeing du Souverain, foit d'affaillir, ou fe deffendre, ce qui peut nuire à l'ennemy, s'il eft en campagne, tant pour le garder de marcher, que pour le couvrir & preffer de venir vers vous au combat, fi eft voftre advantage : & après avoir conféré, y faire une réfolution ; & s'il ne fe peut, la remettre à un autre jour, que l'on y aura mieux penfé, & entendu plus amples advis de l'autre party.

L'après-diner faira autre conférence , où il y aura plus Grand nombre de gens, à fçavoir les vieux Capitaines, des Gens d'armes affiftez d'autres jeunes Capitaines de bonne volonté, qui feront debout pour efcouter & apprendre, un ou deux autres Maiftres-de-

Camp de gens de pied, pour voir ce qui sera proposé, desbattu & arresté : & quelquefois, sur la fin du Conseil, faire venir les Colonnels d'yceux ; & à cette abordée, il pourra contenter plusieurs, s'honorans qu'ils sont du Conseil.

Le jour d'après, s'il est possible, faut faire la monstre & reveuë de ceux qui ne l'auront faite, afin que par-là il puisse connoistre quelles forces il a, pour pouvoir là-dessus mieux résoudre à ce qui sera defféré, & abstraindre un chascun & lier la foy avec serment.

Sera bon, avant que l'armée desloge, de faire mettre tous les gens de guerre en bataille une ou deux fois, comme si l'on vouloit aller au combat, & apprendre & faire exercer toutes les trouppes à marcher, soit en-avant, ou quelquefois pour gagner un advantage au costé sans se mettre hors des rangs & filets de bataille & ordonnance premiere. Par-là, le Général, les principaux Chefs, les Mareschaux-de-Camp, & les Maistres-de-Camp, verront les deffauts qui peuvent estre aux Régiments, Trouppes, ou Compagnies particulieres, pour y pourvoir. Car chascun reçoit ses premiers advertissements. Les soldats de toute qualité apprendront à se mettre en ordre de bataille d'eux-mesmes ; & les Capitaines, qui ne seront encore du tout tant expérimentez qu'il seroit de besoing, s'ils ont envie de faire quelque chose de bon, tafcheront d'apprendre : car, comme l'a efté dict cy-deffus, n'en fera pas temps quand ils viendront au combat ; & ne s'arrefter à ce qu'aucuns voudroient dire, que c'eft monftrer à l'ennemy le deffaut qui eft en l'armée, & qu'il fembleroit qu'ils faffent nouveaux foldats. Je dis que les vieux en doivent eftre bien-ayfes, pour rafraifchir la mémoire de ce qu'ils auront veu & appris ; car toutes chofes veullent eftre exercées & pratiquées : & faudra faire marcher l'artillerie en l'eftat qu'elle doit eftre un jour de combat.

Je diray de l'artillerie, qu'il eft bon d'en avoir quantité, parce que bien fouvent elle fert de beaucoup : & bien qu'aucuns tiennent qu'elle ne fait grand effect, je fuis de leur opinion ; mais peut-eftre d'autre façon qu'eux. Je dis que l'artillerie, où elle donne à plomb, eft fi furieufe, que nul ne la peut longuement fouffrir, & fait defplacer le Bataillon où elle donne, ou le fait venir au combat mal-à-propos defavant en penfement, ou en frayeur, & ne peut-on endurer qu'il faffe grand effect.

Le meinement de l'artillerie eft un art militaire à part, comme celuy du Marefchalde-Camp, qu'il faut apprendre particuliérement, foit le Grand-Maiftre d'ycelle, les Commiffaires ordinaires & extraordinaires, les Canonniers, & plufieurs Officiers qui y font néceffaires : car il y a infinies chofes

qui confiſtent à ce gouvernement & à l'exécution, qu'il faut apprendre de longue main
par expérience & exercice.

En premier, eſtre libéral de ſa vie ; car
les plus hardis n'y ſont que les meilleurs : &
pour bien ſervir faut avoir du jugement & en-
tendement ; eſtre Architecte & Géométrien,
pour connoiſtre les longueurs & diſtances ; eſtre ingénieux, pour faire dreſſer les tranchées,
& loger les pieces & gens qui les gardent &
exécutent ; entendre aux fontes, alloyement
d'ycelles, aux forges, à la charpenterie,
charroy, pour faire dreſſer le remontage pris
pour les ponts tant à bateau qu'aux autres,
auſquels bien ſouvent il faut mettre la main ;
l'art de la conduite du charroy ; s'entendre
bien à la miſne & ſape ; bon financier, afin
qu'il ne ſoit trompé en infinité de deſpenſes
qu'il faut faire, meſme extraordinairement,
& à tout coup.

Car le Grand-Maiſtre de l'Artillerie ou
ſon Lieutenant-Général en ycelle, ou particulier d'une Bande, doivent eſtre ſüffiſants
pour redreſſer les Officiers, gens de meſtier,
& conducteurs d'ycelle, & les tiennent tousjours en office de leur debvoir, ſçachant que
leur Chef connoiſtroit & deſcouvriroit leurs
fautes & imperfections.

Et pour parler du faict de l'Artillerie ſai-
nement, il faudroit en faire un long Diſcours à part, pour la conduite & maniement
&

& exécution d'ycelle. Bien en fera-t-il dict quelque chofe venant fur l'importante exécution.

Pour le Deflogement de l'Armée, & forme de marcher, & ce qu'il faut faire au Logis fubféquent.

AVANT que fe réfoudre de faire deflager l'armée, faut eftre adverty de tout ce qui fe paffe, foit au Pays de l'ennemy, fi le deffeing eft d'y entrer, ou s'il eft en campagne.

Et ne faut que le Général croye légérement aux advis ou perfuafions d'autruy, qui font fouvent trop hafter, mefme à ceux qu'il ne connoift.

Car là-où l'ennemy eft près, il va fouvent du péril à loger & plus à deflager, & furtout à une retraite : par-quoy il faut bien confidérer, avant que s'esbranler.

Si l'ennemy eft près, & réfolu de donner la bataille, faut que le Général, s'il n'y peut aller, envoye des principaux chefs, avec des Marefchaux-de-Camp, vifiter l'affiette, foit pour la donner, où pour fe loger, & qu'ils en conferent & confultent enfemble fur toutes chofes, qui s'offriront pour le rapporter au Général.

Eft bon, fi l'on n'eft preffé, que la premiere journée que l'armée desplacera, soit petite, & qu'au desloger l'on fist mettre l'armée en bataille, comme pour aller au combat, & marcher quelque temps, & puis recommencer leur chemin, les faire mettre à grosses files, & arrivant à un quart de lieue près du logis se remettre en bataille comme au partir. Les effects dessus-dicts au séjour de l'armée la mettront du tout en regle, & apprendront à un chascun ce qu'ils auront à faire pour ce respect.

Aussi, avant que marcher en campagne, il faut faire entendre aux Chefs ce qui aura esté arresté & ordonné, afin qu'ils ne prétendent cause d'ignorance, & les fassent observer, où sont comprises en cela les loix militaires, comme de se tenir chascun en son rang, & ne se desbander de son enseigne.

Estant l'armée preste à marcher, se faut bien enquerir du chemin, & ne se fier à un seul guyde ou guydes; car ils se trompent souvent, n'entendant le poids de l'artillerie, ny embarrassement du bagage : & ne faut craindre quelquefois de s'eslonguer d'une demy ou une lieuë pour prendre un chemin sec, & faire qu'on pourvoye pour la conduite aysée de l'artillerie ; car elle arreste tout de mesme, & faire, s'il est possible, qu'il y aye trois chemins, l'un pour les gens de cheval, l'autre pour l'artillerie & gens de pied, & le tierce pour le bagage : qui est

une grande expédition pour marcher, & bien
ayſé à mettre en ordre les Bataillons & Eſcadrons ; car quand le bagage eſt peſle-meſle
il y a de la difficulté & confuſion.

Par-quoy il faut envoyer, ſi l'on a loyſir,
un jour devant reconnoiſtre les chemins, ou
partyes d'yceux le plus loing que l'on pourra, par perſonnage entendu, avec un Com-
miſſaire de l'Artillerie & Pionniers, pour les
faire accommoder, rabiller les ponts & paſ-
ſages, ouvrir la campagne s'il y a des foſſez
pour faire les trois chemins ſus-dicts, plus
ou moins, ainſi que l'on aura le temps &
la ſeureté.

Faut avoir donné advis, de bonne heure,
aux Commiſſaires des Vivres, du deſloge-
ment, & leur faire entendre le chemin que
l'on yra, afin d'y faire dreſſer les vivres ; &
ſi l'on eſt au Pays de l'ennemy, voir s'il leur
faudra eſcorte : car il y faut ſur-tout prendre
garde au commencement, à l'achemine-
ment, & garder qu'il n'y en aye faute en
une armée ; car cela donne mauvaiſe réputation, qu'il y aura des deffauts en d'autres
choſes & deſcourage le ſoldat, qui ſouvent
eſt mal adviſé & inconſidéré, & eſt cauſe
de ce qu'il ne doit.

Des le ſoir devant que marcher, faut advertir les Chefs des trouppes de ſe tenir
preſts, & leur donner ou répéter l'ordre
qu'ils auront à tenir, & à quelle heure ils

doivent partir, & selon cela faire sonner la
trompette ou battre aux champs, chascun
à son quartier, sans que les autres ayent à
se remuer qu'à l'heure qui leur sera ordon-
née : & faut que tousjours, & mesme quand
on est sur un deslogement, il y aye un de
la part de chascun Régiment près du Mareschal-de-Camp pour entendre ce qu'ils auront
à faire ; car si tous deslogent à un coup, à
sçavoir l'avant-garde, battaille, & arriere-
garde, ce ne pourroit estre sans confusion,
& faut que les derniers donnent temps aux
premiers de marcher.

Faut aussi que les Compagnies qui devront
estre de guet de jour ou de nuict, soyent
advertis de partir au temps que les Mareschaux-de-Camp marcheront, afin qu'incontinent qu'ils seront arrivez où l'on veut faire
l'assiette du camp, on les envoye repaistre
pour après estre plus prests à faire leur debvoir.

De mesme aussi deux ou trois Compagnies de Chevaux-légers pour incontinent
repaistre à l'arrivée de l'assiette, afin que
quand toute l'armée sera arrivée & empes-
chée pour se loger, & aller au fourage,
lesdits Chevaux légers ayent repeu, & puissent aller bastre l'estrade au long, afin d'estre
adverty si l'ennemy marchoit, & garder que
l'armée ne soit surprinse, ny les logis qui
pourroient estre escartez ou fouragez.

Le Général de l'armée, & les principaux Chefs, ayant eu la prévoyance de sçavoir si l'ennemy est plus fort de Cavallerie ou d'Infanterie, ou s'il luy peut venir quelque secours, faudra déliberer sur la façon qu'on devra marcher, & quel chemin on aura à prendre, selon la qualité des forces de l'ennemy: s'il est plus fort de gens de pied, prendre la campagne; si c'est de gens de cheval, prendre les coutaux, & pays fort, ou mettre un ruisseau à costé pour n'estre enveloppé d'ycelle : & est à noter que communément le plus fort de gens de cheval fait quasi la loy aux autres.

Faut faire estat de partir tousjours de bon matin, afin de loger de bonne heure, pour avoir temps de reconnoistre les advenuës & assiettes de l'armée, sçavoir & descouvrir l'ennemy, pourvoir aux inconvéniens qui pourroient advenir, faire faire les tranchées, & avoir temps d'aller au fourage.

Et est à noter, qu'il faut sur-tout éviter, tant que l'on pourra, de ne loger l'armée, de nuict. Car il advient plusieurs & tels desordres, que l'armée n'a ressource de deux jours après, & ne peut-on desloger le lendemain. Car la pluspart de l'armée n'a séjourné, dormy, ny repeu, & une infinité d'autres incommoditez, qui ne se voyent quasi point, & sont d'importance. Comme, au contraire, logeant de jour, l'on va aysé-

K iij

ment au fourage, on trouve des vivres pour
repaiftre, & fi logeant de bonne heure, le
foldat a temps de fe repofer & rafraifchir,
& peut-on partir à minuict, pour faire une
bonne traite, & ne faut pour advancer l'armée de demy ou une lieuë loger de nuict ;
car l'un en gagne pour le lendemain trois
fois autant. Par-quoy, les Marefchaux-de-
Camp doivent folliciter toutes les trouppes
& Chefs de partir à bonne heure, & au temps
qui leur fera ordonné.

C'eft une chofe bonne, honnorable, &
agréable à l'homme de guerre, & qui donne
quelque fois effroy à l'ennemy, de porter les
grands eftandarts & guydons, quand l'armée
marche, comme auffi quand il y a trouppes,
qui vont à la guerre : car un homme d'honneur ne le veut abandonner, d'autant qu'il
y a ferment, & craint reproche.

Le Marefchal-de-Camp doit donner l'heure à celuy qui a la charge des trompettes
du Général & Chef de l'avant-garde, pour
fonner Boutte-Selle.

Et d'autant qu'il faut que le Marefchal-
de-Camp parte pluftoft que l'avant-garde ny
battaille, & qu'il eft près du Général & autres trouppes qui ne deflogent quand & luy,
fera fonner fa Sonodine, pour faire monter à
cheval ceux qui doivent aller avec luy &
fes Compagnies ; & s'il n'a loyfir de partir,
pour faire quelque defpefche ou commande-

ment, ou pour parler au Général avant son
partement, il envoyera ses trouppes à la place,
qui est derriere l'artillerie avec sa Cornette,
qu'il faut qui soit remarquée, pour les trouver s'il est besoing, ou pour attendre quelque espace de temps, qu'un chascun de ceux
qui doivent aller avec luy, soient assemblés,
comme les Compagnies qui doivent faire
le guet le jour & nuict subséquent, les trois
Compagnies de Chevaux-légers, les Marefchaux-de-Logis des Régiments & Compagnies, un Commissaire des Vivres, & sur-
tout un ou deux Commissaires de l'Artillerie, & des extraordinaires Officiers & gens
de mestier, avec bon nombre de Pionniers,
pour accommoder les trois sus-dicts chemins
& ponts qui seront nécessaires de-là, où on
aura rabillé le jour précédent jusques à l'assiette.

Faut qu'il advertisse le Colonnel & Mes-
tres de-Camp de gens de pied de l'heure de
marcher; & si l'on pense rencontrer l'ennemy, qu'il se fasse bailler cinq ou six cents
Harquebuziers pour le suivre, pour les affaires qui pourroient advenir.

Après les gens de pied doit marcher l'artillerie & munitions d'ycelle, lesquelles sont
accompagnées tousjours de Suisses, qui en
ont la garde : tout du long du train & le
gros des-dicts Suisses va après, selon leur
Ordonnance; car il ne leur faut pas gueres

K iv

apprendre de leur meftier: d'autant qu'ils font obfervateurs de regles & Charge; mais leur donner advis de ce que l'on veut qu'ils faffent.

S'il y a advant-garde, c'eft chofe claire, qu'il faut qu'elle marche la premiere de mefme ordre.

Quand le Marefchal-de-Camp eftimera que ceux qui doivent aller avec luy, feront affemblez, il fortira avec toutes fes trouppes hors du camp, où le Colonnel de Chevaux-légers fe doit trouver, & là defpartir deux ou trois Compagnies des fiens, avec des Capitaines expérimentez, qui aillent du cofté de l'ennemy; mefme s'il y en a par le flanc de l'armée, ou derriere, en des Villes fortes, pour garder que l'ennemy ne vienne courir fus-l'armée, & tenir efcorte au deflogement, tant que le camp marchera faifant tousjours bonne garde du cofté de l'ennemy, jufques à ce que l'armée foit logée & le camp affis; ayant tousjours la veuë à l'arriere-garde, qui doit ferrer le camp, afin qu'ils fe puiffent fecourir l'un à l'autre, & que entre deux l'ennemy ne puiffe courir fus ceux qui marchent, ou donner à l'armée.

Et fi les ennemis eftoient fi forts, qu'ils fuft crainte qu'ils puiffent porter dommage par le cofté, ou fur la queuë; car s'il eft fage, il ne fe mettra jamais à la tefte, de peur d'y tomber des defpens, faut que le

Colonnel de la Cavallerie-légere avec fa trouppe, faffe ce qu'il a efté dict par les trois fus-
dictes Compagnies, afin de tenir tousjours
l'armée en feureté, & fans allarme : & pourra
faire repaiftre la moitié de fa trouppe en
quelque village à demy-chemin, la bride à
l'arçon, & l'autre moitié tiendra cependant
efcorte pour en faire de mefme par après,
jufques à ce que toute la file de l'armée foit
paffée fans allarme ; car cela deftourne grandement les trouppes qui marchent.

Fera referrer les Desbandeurs, Picoureurs,
& Fourageurs, le camp marchant, non-feulement pour la feureté d'yceux, & pour le
dommage qu'ils peuvent porter en defcou-
vrant l'eftat de l'armée eftant pris, mais pour
l'honneur d'yceluy.

Le Marefchal-de-Camp laiffera perfonna-
ges de qualité & de fes Aydes avec un de
ceux qui auront efté le jour précédent reconnoiftre les trois chemins, dont ils auront
defdié celuy qui fera le plus près des ennemis pour la Gendarmerie, & gens à cheval,
& feront prendre à un chafcun le chemin qui
leur fera baillé, faifant acheminer les gens à
pied François, & puis le train de l'artillerie
par le chemin du milieu, chafcun à fon rang,
l'avant-garde la premiere, & à heure dicte,
& la bataille de mefme ; & pour le refpect
de l'arriere-garde, s'il en a, ou ceux qui la
feront, leur faut ordonner de ne partir que

K v

quand tout fera acheminé , & preſſer ceux
qui feront les pareſſeux ou nonchalants , &
ferrer le camp & marcher en bon ordre ;
car l'art de la guerre porte de donner tousjours à la queuë de l'ennemy , & non ſur la
teſte ; par-quoy il faut que le Chef ſoit bien
adviſé ; & ſa trouppe leſte , meſme ſi l'ennemy a des retraites près de-là.

Et pour le reſpect du bagage , faut qu'il
y aye un Lieutenant de Prevoſt , avec huict
ou dix Archers , pour le faire marcher après
une Cornette , qui ſera remarquée pour le-
dict bagage , & yra à la teſte , & ſe mettra
ſur le chemin qui ſera ordonné avec un Trompette pour appeller le-dict bagage , & fera
ſuivre par après un chaſcun avec chaſtiment ,
s'il y a quelqu'un qui outrepaſſe ce qui ſera
ordonné ; & avoir un de l'artillerie avec trente
ou quarante Pionniers pour rabiller quelque
pont s'il venoit à s'enfoncer & rompre. Le-
dict Lieutenant de Prevoſt demeurera ſur le
derriere , pour faire acheminer un chaſcun
par ordre ; & eſt à noter , que les Suiſſes
veullent que leur bagage marche devant eux ,
mais ils ne s'en chargent gueres.

Le Mareſchal - de - Camp doit avoir avec
uy un Prevoſt avec des Archers pour chaſtier
ceux qui auront ou voudroient outrepaſſer
leurs rangs , pour les inconvénients que j'ay
dicts , & que le Guet , comme c'eſt tousjours
ſa charge , garde que perſonne ne ſorte du

camp, que le-dict Marefchal - de - Camp ne
foit acheminé, ou qu'il ne foit envoyé par
luy ou autre fupérieur.

Faut que la battaille fuive de près l'avant-
garde , pour fe garder de tomber en des
inconvénients qu'on s'eft d'autrefois trouvé
pour eftre fi loing que l'une eftoit deffaite
fans le fceu de l'autre , leur faifant tousjours
tenir l'ordre qui aura efté arrefté , pour pouvoir plus ayfément fe mettre en battaille , &
fe fecourir.

S'il eftoit poffible, ne faudroit laiffer aucune Place ennemie aux efpaules ou derriere ;
mais fi l'on eft contraint, il y faut pourvoir,
à fçavoir de choyfir quelque Ville , & y mettre des gens qui leur faffent tefte , ou fortifier quelque Village en belle affiette avec
de bonnes forces, qui tiendra à feureté les
Marchands volontaires qui yront au camp.

Car il faut que les Chefs & Marefchaux-
de-Camp pourvoyent à toute feureté de l'armée, voire mefme de tenir advertis ceux qui
yront à la guerre de l'Eftat en quoy ils ont
entendu qu'eft l'ennemy, & eft à noter de
ne le fuivre par voyes inconnues.

Quand le Marefchal-de-Camp commencera
à marcher, faut qu'il envoye devant luy des
avant-coureurs, avec un Chef fage, expérimenté & hardy, afin qu'il puiffe rapporter
au vray ce qu'il aura veu ou pu apprendre
de l'ennemy, & mefme avoir un grand efgard

quand l'on s'approche des forces d'ycelle, &
que le Marefchal-de-Camp s'advance jufques
auprès de fes coureurs avec des Capitaines
pour confulter, & voir ce qui eft à faire, pour
garder que l'on ne tombe en fes embufches,
& donner advis à l'armée. Car fi l'on y envoye quelqu'un par faveur, qui ne foit expérimenté, il rapportera une chofe pour autre
en danger de tomber en quelque ruyne, &
ne fçauroit eftre trop advifé celuy à qui l'on
donne charge d'aller devant.

Le Marefchal-de-Camp doit avoir choyfy
demy-douzaines d'hommes pour eftre près de
luy, afin que s'il advient quelque nouveauté
en advertir les trouppes qui viennent derriere
luy, & le Général, foit pour advancer, ou
pour arrefter.

S'il y vient nouvelles que l'ennemy foit
en campagne & près, faut que incontinent
il advife de choyfir une place pour mettre
en battaille l'armée, & encore envoyer reconnoiftre quel chemin il y a en avant,
pour difpofer l'armée à marcher, felon les
advis que l'on aura & l'art de la guerre : &
fi l'armée avoit commencé à fe mettre en
battaille, & qu'il vint nouvelles que n'eftoient
que quelques trouppes d'ennemis qui fe fe-
roient retirées, ne faut laiffer pour cela de
mettre tout en ordre de battaille, afin que
chafcun voye que les Chefs font foigneux &
prévoyants, qui les fait entrer en réputation;

de forte que les foldats penfent que toutes chofes yront bien, & marchent en efpérance de faire quelque chofe de bon de leur cofté ; car fi le commun des Capitaines & foldats n'ont bonne opinion des Chefs, ils marchent froidement, & en danger qu'ils prennent effroy.

Le Marefchal-de-Camp eftant arrivé au lieu deftiné pour loger l'armée, doit advifer les commoditez ou incommoditez de l'affiette forte : & fi le lieu nommé n'eft affez bon, en choyfir un autre près de-là, comme a efté dict parlant de la Charge & Office du Marefchal de-Camp, pour le logement ; & ayant arrefté de faire autre affiette, en advertir le Général & autres Chefs, comme dict eft.

Et fi le Marefchal-de-Camp trouve difficulté à l'affiette, & qu'elle ne fe puiffe faire pluftoft, pour quelques confidérations, ou qu'il aye entendu nouvelles de l'ennemy, qu'il faut confidérer ou attendre d'autres & plufieurs advis felon que l'occafion fouffrira, envoyer vers le Chef de l'avant-garde, & le Général, luy remonftrer qu'il faut qu'il s'arrefte jufques à ce qu'il luy donne autre advis ; ce que les-dicts Chefs doivent faire.

Le Marefchal de-Camp, eftant arrivé au lieu où il veut faire fon affiette, envoyera la moitié de deux on trois Compagnies de Chevaux-légers, qu'il aura mené avec luy, au loing pour fçavoir des nouvelles de l'en-

nemy , afin d'en eftre adverti , & n'eftre
furpris, & l'autre moitié repaiftre pour y
aller par après que l'armée fera affife. Si le
Colonnel de la Cavallerie n'a marché avec
luy, & s'il y eftoit, luy donner la charge
d'y pourvoir, felon ce que deffus , & faire
loger de bonne heure le demeurant de la
Cavallerie, afin qu'ils ayent loyfir de fe repofer & repaiftre pour fervir s'il en eft befoing.

Les Compagnies des Marefchaux - de-
Camp, comme a efté dict cy-devant, ne font
point de guet ; mais c'eft à elles à fe tenir
en ordre de battaille, la fallade en tefte,
la lance fur la cuiffe, jufques à ce que toute
l'armée foit arrivée & logée, & le camp
bien affis, & que le guet de jour les viendra
relever ; lequel guet faut qui foit fort le jour
que l'on marche, pour réfifter aux courfes
de l'ennemy , qu'il pourroit faire, efpérant
que chafcun fera empefché à fe loger, &
aller au fourage : & la partie des trois fus-
dictes Compagnies de Chevaux-légers , ou
autres, & qui auront repeu , monteront à
cheval pour aller au loing , jufques à la nuict,
pour donner advis au guet de jour, & aux
Chefs de l'armée & Marefchaux-de-Camp,
s'il y a ennemis en campagne, & quelles
forces.

Le Marefchal - de - Camp ayant ordonné
l'affiette de l'artillerie , & le lieu pour fe

mettre en battaille, les quartiers d'un chafcun,
fera très-bon qu'il faffe faire une tranchée à
la tefte de l'armée, s'il n'y a ruiffeau, pour
les raifons dictes parlant du logis de l'armée,
encore que l'on foit le plus fort, de le faire
felon l'art & raifon de la guerre.

Le Marefchal-de-Camp, avec fes compagnons & Aydes, fe doit tousjours tenir à
cheval, pour recueillir les trouppes, & leur
faire entendre ce qu'ils ont à faire ; doit envoyer quelqu'un au-devant des Chefs de l'a-
vant-garde & Général de l'armée, pour leur
donner advis que l'affiette eft faite.

Faut ordonner qu'il y aye tousjours une
tente à l'artillerie, pour loger les Compagnies qui feront la garde : comme auffi il
feroit bien néceffaire aux quartiers de gens
de pied, quand on féjourne ; car il faut que
le Marefchal-de-Camp & Chef ayent l'œil à
faire conferver la fanté de l'armée, faire tenir
net le camp là-où on a féjourné. Par ainfi,
il faut que l'eau foit à commodité, que les
tueries & ventrailles foyent loing des quartiers, faire enterrer ou effloigner les charroi-
gnes, qui font les charges des Prevofts de
camp, qui doivent avoir quelques Pionniers
avec un conducteur, pour cefte exécution,
& avoir foin des malades, & les faire retirer ou porter aux Villes qui feront là-au-
près, où il faudra avoir ordonné des hofpi-
taux pour les recepvoir & donner à vivre.

Ne doit eftre oublié, qu'à la tefte du bagage doit marcher tout le premier le pain
pour la journée, afin d'eftre diftribué incontinent que les gens de guerre arriveront. Mais
il feroit encore meilleur, que les gens de
guerre, dès le foir auparavant, l'euffent pris
pour lendemain, afin de décharger les caif-
fons & les renvoyer en querir d'autre : car
il faut eftre fompineux de la conduite, & les
Commiffaires des Vivres prévoyants donnent
à toute heure advis de ce qui fe paffe aux
vivres, mefme de l'abondance, ou difette
& moyen de le faire venir ; car par-là l'on
advifera de faire plus ou moins, foit de marcher ou arrefter, ou de quelque entreprife.

Le Marefchal de-Camp, entendant que le
Chef de l'avant-garde, s'il n'eft là, vient, &
le Général arrivant au camp, fe doit trouver à l'entrée, pour luy faire entendre l'eftat de l'armée & fon affiette, les commoditez on incommoditez, la providence que
l'on y a mis, nouvelles de l'ennemy s'il y
en a, comme il a envoyé pour en fçavoir.

Le Général doit, devant que entrer en
fon logis, reconnoiftre l'affiette de l'armée
& le champ de battaille, comme tous autres
Chefs doivent faire, pour là-deffus conférer
& advifer ce qui eft à faire.

Après qu'il fe fera rafraifchy, & que un
chafcun fera logé, faut qu'il confulte & advife avec fes principaux Chefs, fi l'armée

aura à defloger le lendemain , quel chemin ,
& en quel lieu, felon le rapport que luy fera
le Marefchal-de-Camp de ce qu'il aura pu
apprendre, quelle eft l'affiette du Pays où
l'on doit aller, fi les vivres y peuvent ayfément venir fans danger, & fi l'on ne s'ef-
loigne point trop d'yceux , quelle faute il y
aura, & au marcher pour la rabiller.

Sur l'heure qu'il faudra pofer les gardes ,
fera bon que le Général monte à cheval, &
aille au lieu où eft l'artillerie , pour voir marcher les-dicts gardes, que la plufpart doivent
paffer par-là , & au-dict lieu s'affembleront
les principaux Chefs & Capitaines ; & eft
très-bon que le Général fe monftre aux gens
de guerre, & fe promene par le camp.

Faut que les Marefchaux-de-Camp vifitent
à ceft abord les gardes la nuict; car cela fait
tenir les autres par après en debvoir, ne fçachant en quel jour & temps viendra le Marefchal-de-Camp pour les voir & reconnoiftre : & quelquefois fi le Général veut prendre la peine d'y aller, il ne fera que bon ;
car il fera que un chafcun fe tiendra en fon
debvoir, non-feulement aux gardes, mais en
toutes autres chofes, fçachant qu'il eft prévoyant & foigneux, & donne exemple aux
autres de l'eftre.

C'eft à noter que , defpuis quarante ans
en-deçà, l'on a fait grand eftat des Pionniers,
& s'en eft-on fervy, non-feulement à pren-

dre des Villes & à les fortifier, mais à la
fortification des tranchées qu'il faut faire en
un camp; & quelquefois s'est trouvé, que
par tels moyens, l'on a gagné un advantage
fur l'ennemy, ou l'on s'est gardé de luy,
quand il a esté le plus fort, & qu'il a voulu
ou pouvoit venir avec grand advantage au
combat; & faut tenir pour certain, que les-
dicts Pionniers font très-utiles en plusieurs
fortes & façons, & est besoing d'en avoir
bon nombre & les conserver; & d'autant que
bien souvent l'on n'en peut recouvrer autant
qu'on desire, ou qu'ils se perdent, ou meu-
rent, il y en a qui font d'advis, que l'on fist
comme les Roys prédécesseurs, d'avoir tousjours trouppe de Lansquenets, & ne fusse que
trois mille, de la moitié ou deux parts desquels vous vous servez à travailler en tranchées, en leur donnant quelque argent, la
moitié devant midy, & l'autre après: & mille
font plus de besoigne, que ne feront deux
mille Pionniers, pour estre plus gaillards,
estant mieux nourris & traittez, & outre ce
il en advient deux effects. L'un, qu'ils ne prennent argent que le jour qu'ils travaillent, &
le Pionnier le prend tous les jours; & en outre, les Lansquenets avec les picques viennent au combat: & seroit d'advis que l'on
levast moins de Pionniers, qui coustent beaucoup au peuple, soit pour leur bailler argent
d'advance, pour les faire marcher; car ils se

font achepter au peuple, ou pour les veſtir, & encore deux mois de paye ; mais je ſerois d'advis de prendre l'argent de ceſte levée, pour payer des Lanſquenets.

Et ſeroit très-bon de dreſſer une Milice, que nos ſoldats François ſerviſſent au beſoing, meſme les pauvres, qui gagneroient tousjours quelque teſton ; car il n'y a rien pire que le ſéjour aux ſoldats, parce qu'ils deviennent nonchalants & yvrognes, joüent leur argent, ſe corrompent entre eux & s'anéantiſſent. Ce deſſus eſt par forme d'advis.

Fin du Tome quatorzieme.

TABLE
DES OPUSCULES

Contenus dans ce quatorzieme Tome.

Fin de la Table.